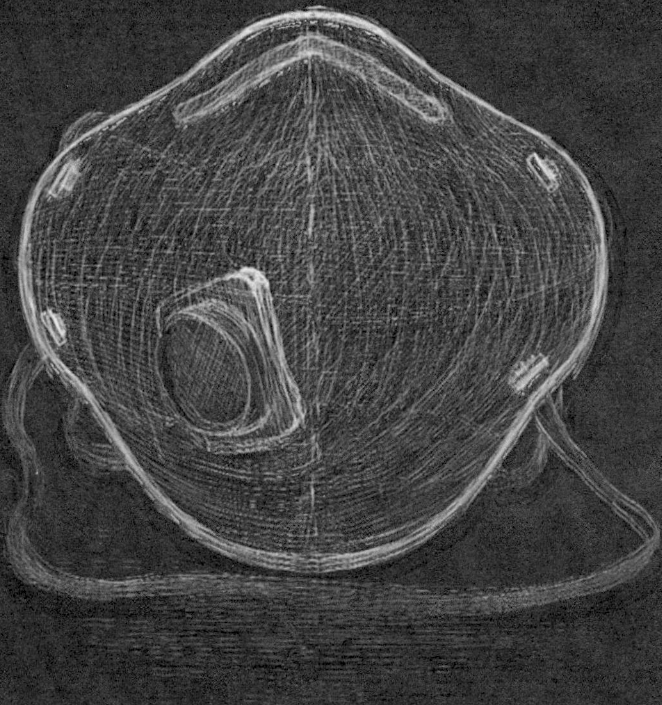

SKULL EDITORA

QUARENTENA

CONTOS ISOLADOS

MAURIZIO RUZZI

Quarentena - Contos Isolados

Editor Chefe: Fernando Luiz
Produção Editorial: Editora Skull
Editoração: Maurizio Ruzzi
1ª Revisão: Claudia Engel
Revisão Final: Elizângela Brito
Arte de Capa: Robert Rudolf Mezzomo
Arte página 93: Robert Rudolf Mezzomo
Arte contracapa: Maurizio Ruzzi
Capa: Maurizio Ruzzi, Grazi Fontes & Jean Souza
Ilustrações internas: Freepik & Maurizio Ruzzi
Diagramação: Grazi Fontes

Dados Internacionais de Catalogação na Publicação (CIP)

B869, Ruzzi, Maurizio
Quarentena/Maurizio Ruzzi – led·: 2020
ISBN: 978-65-86022-28-5
1. Contos: Literatura Brasileira

SKULL EDITORA

Caixa postal 79341
Cep: 02201-971
Jardim Brasil, São Paulo - SP
Tel: (11) 95885-3264
https://skulleditora.com.br

QuarenTena

SKULL EDITORA

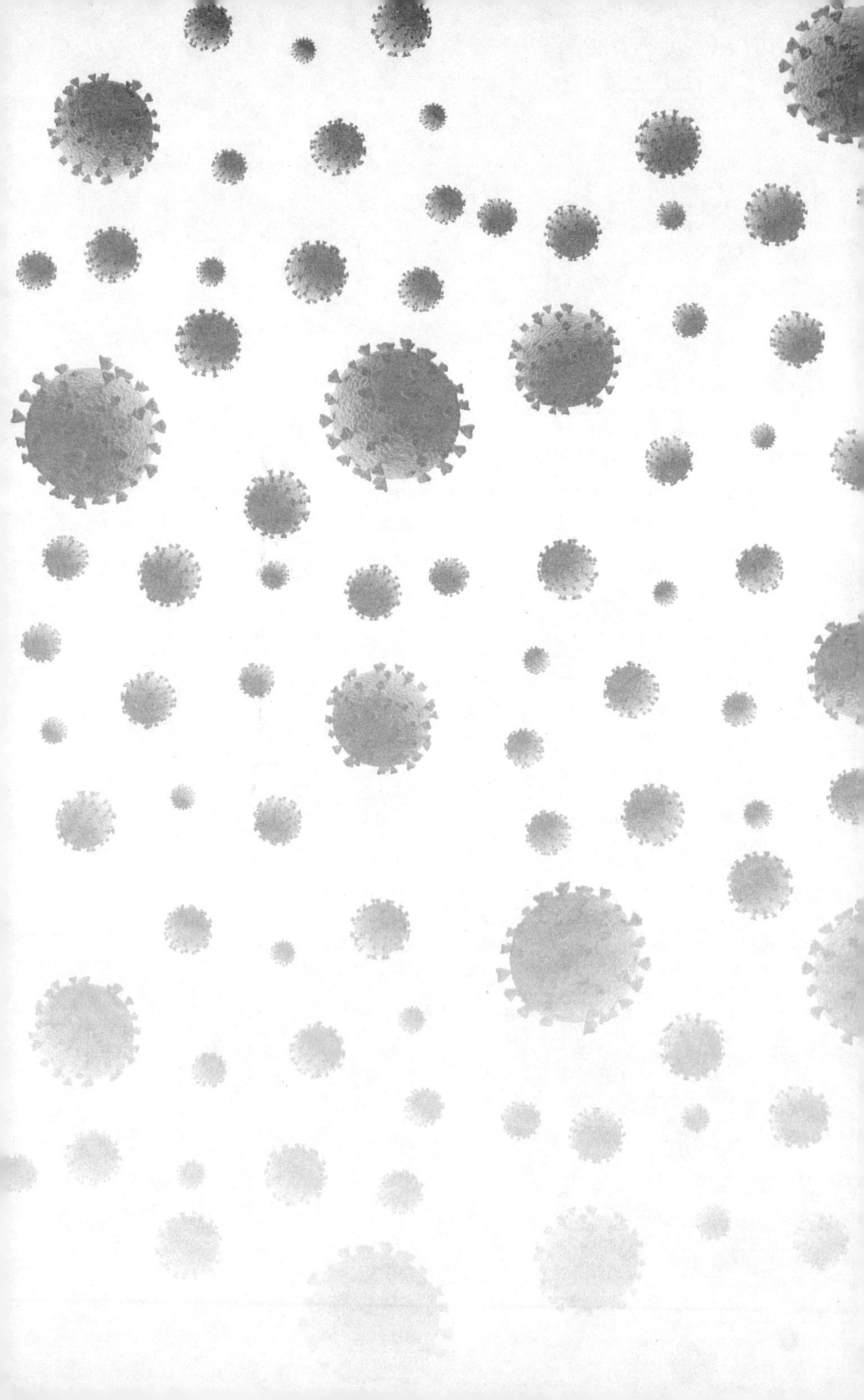

Outros títulos cogitados, porém descartados:

Contos da Quarentena (*muito óbvio*)
Corona-contos (*muito ruim*)
Em Guerra com a Realidade (*muito longo*)
Contos Confinados (*muito cacofônico*)
Contos Contaminados (*muito aliterado*)
Contos d'além porta (*muito bom*)

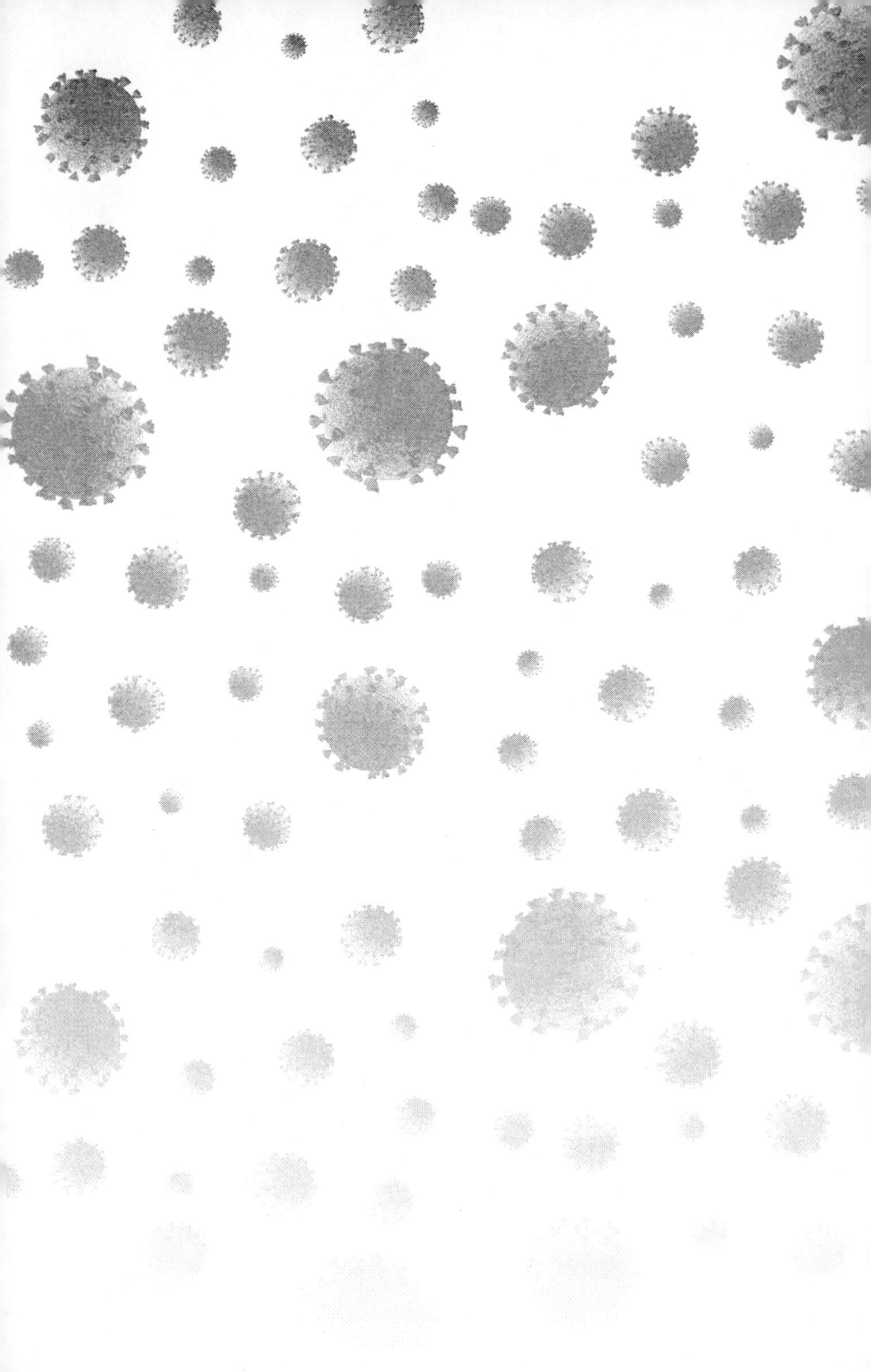

SUMÁRIO

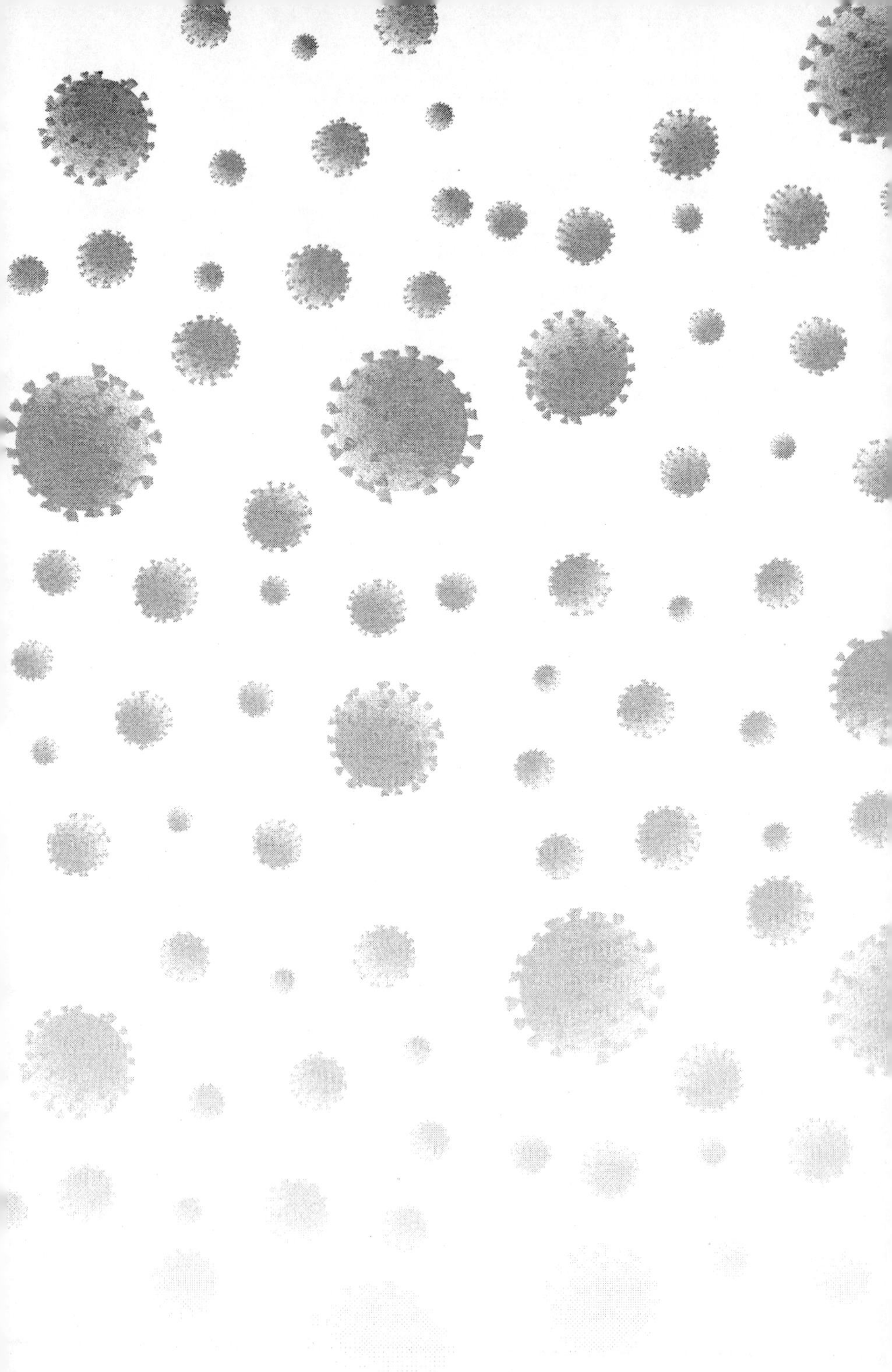

Interesse Artificial

“LastWords® - Aplicativo de conforto e companhia para pacientes graves e terminais”

Essa era descrição do produto no Google Play. Não podia mesmo dar mais detalhes. Afinal, o principal motivo para qualquer um usar esse tipo de aplicativo é algo que ninguém gosta de admitir. As pessoas não querem ficar velando pelos idosos da sua família, e nós tínhamos encontrado uma maneira de fazer isso por elas. Mas esse é o tipo de coisa que você não anuncia; e não precisa anunciar. Claro, nos termos de uso estava escrito que “*softwares* avançados podem interferir no conteúdo das chamadas”. Estava lá, era só conferir.

Essa descrição e esse contrato eram – e ainda são – extremamente verdadeiros (afinal, o aplicativo continua disponível). Eles são <u>parte</u> da história e, sem dúvida, a melhor parte. Sim, tem um eufemismo monstruoso em dizer que um trecho de código “pode interferir no conteúdo das chamadas”, quando o que ocorre é que esses códigos acabam por controlar as conversas em

98% do tempo das chamadas intermediadas pelo aplicativo.

De um jeito ou de outro, em nosso *site* havia uma descrição um pouco mais longa:

"É claro que você não quer que seu ente querido passe por seu momento final sozinho. É claro que você quer que ele tenha conforto. Mas a realidade da luta contra a covid-19 nos impede de estar, todo o tempo, com nossos pais e avós. Afinal, a vida continua, o trabalho continua, tanto para aqueles que proveem serviços essenciais como para os que trabalham na segurança de suas casas. Com o aplicativo LastWords® você pode ter a certeza de que seu ente querido terá sempre sua companhia, e de que não estará sozinho em seu momento final."

O LastWords® criou um mercado. Seus idealizadores nunca imaginaram que poderiam ficar para trás, que algum concorrente iria surgir depois e bater-lhes usando suas próprias regras. Eles tinham pensado em absolutamente tudo. Ah, diabos, por que estou falando em terceira pessoa? "Eles" sou eu e mais três sócios; isso no começo. Depois, éramos nós e mais um monte de técnicos contratados.

A ideia era muito simples. Tudo se passava como se houvesse uma ligação de vídeo permanente entre um celular ou qualquer outro dispositivo que estivesse com o paciente isolado, e outro telefone ou dispositivo, normalmente com a família. A qualquer momento em que o doente quisesse falar algo, era só ele chamar.

Aí é que entrava a primeira mágica. No aparelho da família, a conexão ficava suspensa e era ativada pela voz do doente. Poderia ser por reconhecimento de voz, por palavras-chave ou por ambos. Com isso, o paciente tinha a sensação de que bastava chamar para alguém atendê-lo.

Aqui, vinha a segunda mágica e a parte propositalmente canalha do processo. Ninguém quer ficar à disposição de um enfermo acamado. Então, várias respostas são gravadas previamente, seja com áudio, seja com vídeo. Aí, técnicas modernas de programação – que a indústria resolveu chamar de "inteligência artificial"; portanto, não ache que nós inventamos a canalhice – "conversam" com o doente, usando esse "vocabulário" de frases feitas. Como conexões de vídeo costumam ser ruins mesmo, ninguém se assusta com falhas de continuidade. Por áudio, esse problema nem existe ou é muito fácil de ser resolvido. O toque de crueldade vinha com o seguinte detalhe: o código foi bem-feito o suficiente para perceber quando o interlocutor ou usuário-doente começava a não ficar contente com as respostas, e, nesse ponto, um novo alerta era emitido para o usuário-família. Para o usuário-doente, era como se a ligação perdesse a qualidade ou "travasse". Isso dava tempo para colocar algum usuário-família na linha novamente. Se ele recusasse a chamada, o *software* usaria frases prontas para encerrar a ligação. Se aceitasse, o usuário-família receberia, via texto, um resumo das frases ditas pelo interlocutor, para ter algum contexto, e passaria para uma chamada ao vivo. Os usuários eram instruídos a gravar os vídeos-padrão com a câmera bem próxima ao rosto (para eliminar o problema das roupas e do fundo). O *software* podia administrar a conversa de vários interlocutores (chamadas em grupo) e por aí afora... Para conversar com uma pessoa com alguma dificuldade cognitiva, era quase perfeito. Um bom usuário podia fazer muita coisa com ele, e, pesquisando no banco de dados da empresa, mais tarde, percebemos que alguns devem ter gastado um bom tempo com isso, tempo que poderiam muito bem ter usado com seus pais e avós.

Como nós ganhávamos dinheiro? Era simples: a versão gratuita do aplicativo não aceitava vídeos, admitia apenas um interlocutor e, mesmo assim, tinha um conjunto limitado de frases. Para ter mais frases, você precisava de mais espaço; e, para ter mais espaço, precisava pagar. É claro que tinha um enorme eufemismo para isso: "mensagens de espera" – pelo menos esse era o nome que nós dávamos para elas.

Era uma máquina de dinheiro. Uma vez que o usuário experimentava a liberdade que o aplicativo lhe dava, ele pagava qualquer coisa para ampliá-la. Qualquer coisa, literalmente. Muitos usuários pagavam milhares de dólares por mês. Quando as drogas mais modernas começaram a estender a sobrevida dos pacientes, o dinheiro começou a entrar como uma tempestade pela janela. Quando o uso se alastrou para doentes de todos os tipos, não só os de covid-19, bem, nessa hora achamos que iríamos dominar o mundo. Ah, nós achávamos isso o tempo todo.

Mas veio a concorrência. De início, lidamos muito bem com ela. O nome deles era melhor – digo dos primeiros concorrentes, porque vieram muitos depois, como todos sabem. Os nomes parecem idiotas a princípio, AlwaysSomeone®, NeverAlone® e etc. Idiotas, piegas, mas eles passam a mensagem certa. Ou melhor, contam a mentira certa. Um deles, não lembro qual agora, fez uma coisa bastante óbvia: o algoritmo começou a aprender com as conversas ao vivo e gravá-las para futuro uso. Era mais do que óbvio, era o caminho natural que esse tipo de abordagem pedia. Nesse momento, tivemos coragem de tomar a decisão correta e reestruturar todo o nosso sistema de acordo com esse princípio.

É claro que qualquer nova funcionalidade significava mais cobrança. E era um universo maravilhoso para uma corporação – mesmo que uma pequena, porque o nível de esforço e de infraestrutura necessários para colocar isso em pé era alto demais para os desenvolvedores independentes sequer sonharem em tentar a sorte. No mínimo, você precisava de uma capacidade computacional bastante grande para executar todos esses algoritmos em milissegundos. Não, nesse mundo não tinha alternativas livres. Esse mundo era propriedade exclusiva dos abutres.

Estávamos preparados para um impacto, que era a chegada das grandes. Ou melhor, das gigantes. Alguém como Google ou Facebook poderia querer entrar para abocanhar boa parte desse mercado. Tínhamos alguns ases na manga, que eram novas funcionalidades, prontas para serem lançadas assim que um novo *player* entrasse na dança. A ideia era torná-lo obsoleto quase de imediato. No fim das contas, não tínhamos nenhum medo deles.

Nós não éramos os únicos preparados para a vinda da concorrência pesada. Quando um gigante do Vale do Silício resolveu brincar, demos o novo passo que havíamos programado para esse momento: nosso *software*, agora, era adaptado ao tipo de paciente. Pacientes com questões psiquiátricas ou psicológicas recebiam respostas diferentes daqueles que meramente tinham problemas de audição. Obviamente, aqueles com total saúde mental e sem nenhuma questão cognitiva também tinham sua abordagem particular, ainda que esses representassem uma fatia cada vez menor do bolo. Tínhamos mais um pacote pronto para a semana seguinte – que, por sinal, agora, não lembro exatamente qual era – quando o NeverAlone® veio com uma ideia que parecia simples. Genial, mas extremamente simples.

Nós ficamos tão focados no *software* de conversa que esquecemos da conversa real, que era a base de tudo. Se não usássemos trechos de conversas reais, nem mesmo um velhinho surdo, depois de um AVC, seria enganado por todo esse lixo de "inteligência artificial"... Oh, não se espante, essa é a realidade. O *software* não tinha que conversar para valer, tinha apenas que juntar pedaços de maneira conexa. E, para isso, a conversa real entre aquelas pessoas específicas era a base de tudo. Bem, mas como você pode ter uma conversa com alguém que fala baixo, tossindo e com um respirador na cara? Além de tudo, a distância, sempre dependendo de uma conexão de internet, que pode ser bem ruim... Você, obviamente, não pode. Para isso, o *software* pode ajudar... Ele pode reconhecer a fala e colocar legendas na conversa. Isso pode parecer óbvio agora, mas não era óbvio então. Além do mais, esse é o tipo de coisa sobre a qual você pode fazer propaganda. É algo que você não precisa camuflar. E foi isso que eles trouxeram nesse momento. É impressionante, não? Todas as ideias fundamentais vieram depois. Vieram em voo. Eu não sei, acho que nós todos da indústria do *software* somos, na verdade, extremamente idiotas. Ou somos tão geniais que não precisamos nem mesmo das ideias certas para fazer algo funcionar. A verdade costuma ser algo no meio do caminho. O que, neste caso, significa que somos uns regular *Joes* com uma sorte dos infernos.

Bem, é claro que as legendas deram certo. E dar certo não significa, obviamente, só as pessoas gostarem. Quando algo dá certo mesmo, ou cria uma nova necessidade, ou cria uma nova solução. E neste caso, foi uma nova solução. Porque, com as legendas, os diálogos se tornaram mais fluidos, não tinham um monte de "hã, o quê? Não entendi..." E as respostas se encaixavam melhor com as perguntas. Desse jeito, o *software* que aprendia a construir diálogos tinha muito mais modelos para seguir, muito mais frases para usar.

Tudo ficava muito melhor. Apesar de, neste caso, nós termos saído atrás, quando o nosso reconhecimento de voz saiu, ele era muito melhor do que o da NeverAlone®.

Veja, isso não é mero reconhecimento de voz. O cidadão está com um respirador ou está tossindo como um louco, ou está simplesmente morrendo. Ele não está falando bonitinho. E, o principal, ele acha que está falando com uma pessoa. É claro que é um desafio técnico monstruoso fazer algo desse tipo de maneira eficiente. Acontece que tínhamos um time absurdamente bom naquela época. Eu sei, porque eu contratei todos, um por um. E, se tem algo que eu sei, é reconhecer um cara bom, um cara genial. Além disso, sei exatamente como lidar com o tipo. Aliás, "genial" é uma palavra ruim. Em geral, não são geniais. São hiperfocados. Comem e dormem aquilo que fazem. Mas não interessa. Resumindo, teve um momento, quando estava claro que ninguém tinha nada parecido com o que nós tínhamos, que achei que íamos realmente dominar o mundo. De novo.

Dominar o mundo ou ganhar um dinheiro dos infernos, o que é a mesma coisa. Já estávamos ganhando rios de dinheiro, mas se tem uma coisa impressionante no mundo é quão rápido você se acostuma com dinheiro. Você se acostuma com ele antes mesmo de ganhá-lo. Se você sabe, com quinze dias de antecedência, que no próximo mês vai ganhar o dobro do que neste, quando chegar seu pagamento, hmmmm, é claro que você vai aproveitar, mas ele já vai parecer bem normal para você. Pior do que se acostumar com muito dinheiro é se acostumar com sempre ganhar ainda mais dinheiro. É a ganância com juros e correção monetária.

E esse foi nosso momento Yahoo! Foi aí que, sem que ninguém esperasse, sem que ninguém tivesse ideia de como isso estava acontecendo (até ser tarde demais), simplesmente nos tornamos obsoletos. O público, o nosso público, soube isso antes de nós, muito antes de nós. Mas, diferentemente do Yahoo!, nos tornamos obsoletos tendo o melhor *software* de todos.

A NeverAlone® nos ultrapassou e começou a nos deixar para trás. Atribuímos isso ao fato de eles terem chegado antes na ideia das legendas e tínhamos certeza de que, com o tempo, nós os passaríamos de volta. Mas isso nunca aconteceu, a distância só aumentou. E outras empresas até chegaram perto...

A KeepinTouch® lançou seu próprio *device*, ou melhor, seu próprio dispositivo... Ah, ok, deixa eu usar um termo mais simples: seu próprio telefone – coisa que sempre achamos uma besteira. Eles até conseguiram um relativo sucesso com isso, pegando um nicho ainda mais específico do público, e puderam, assim, resolver alguns problemas que ninguém mais podia. Mas nunca deixamos de achar que o nosso problema estava apenas nas legendas e tínhamos razão. Só que demoramos para entender exatamente qual era o problema. Na verdade, nunca descobrimos.

Passamos meses e meses estudando tudo que os outros estavam fazendo. E era pior do que tínhamos, em todos os aspectos. Não tem nada pior do que um time de bons técnicos pego por um surto de fatalismo. Quando todos começam a achar que é o "imponderável" que está agindo, você não tem o que fazer. Eles começam a dar de ombros, impotentes diante do Acaso Irrefreável, do onipresente Comportamento de Manada, do Viralizar Inexplicável. Esses caras passam de cientistas implacáveis a crentes inabaláveis num estalo de dedos. E uma vez que isso acontece, você não consegue voltar atrás. Nem deus consegue desestalar os dedos.

Nessa hora, eu sabia que o jogo estava perdido. Sabia que não teríamos mais nenhuma ideia, que não resolveríamos mais nenhum problema, que não faríamos mais nada relevante. Acho que até eu tinha virado um crente da Grande Incógnita da Internet. Ia ser um longo e tortuoso caminho para baixo. Essa era nossa única certeza.

Mas eu não era um tubarão à toa. Não ia entregar os pontos tão facilmente. Tudo que eu tinha de fazer era mudar as regras do jogo. Se eu não podia vencer na internet, podia vencer na mesa de negociações.

O que eu queria naquela hora era, na verdade, uma saída honrosa. E o principal numa negociação é você partir de uma posição vantajosa. Nós, então, tentamos comprar a NeverAlone®. Oferecemos uma boa grana, um montante que nos quebraria com certeza, mas nunca achamos que eles iam aceitar mesmo. E eles chegaram até a balançar, o que era surpreendente. Para mim, era óbvio demais que eles tinham a mão vencedora. Mas o que interessa é que, a partir daí, eles sempre acharam que nós estávamos numa posição de força. É como um negociante turco que começa vendendo uma pedra de 10 liras por dois mil dólares. É quase impossível ele perder o jogo depois de começar assim.

Seis meses depois, aconteceu o que eu contava que fosse acontecer. Eles tentaram nos comprar. Aceitei, aceitamos, quase de imediato. Foi tão fácil que o CEO deles quase desistiu no último minuto.

Bem, agora chegamos no ponto crucial da história. É claro que eu ainda queria saber como, afinal, eles tinham ganhado aquela briga, mas eu sinceramente achava que nem eles sabiam como.

Só que eles sabiam muito bem. E, mais uma vez, depois que você entende, parece tão óbvio, tão gritantemente óbvio, que você precisa de uns dois dias para se recuperar.

Eu precisei de uma semana. Na verdade... Bem, deixa para lá.

Parece mentira, mas eu nunca me senti um canalha nesse processo. Um pouco cínico talvez, mas eu sempre joguei limpo. É verdade, ganhávamos dinheiro com a... a... que palavra devo escolher aqui... a sordidez humana, mas... eu sempre podia dizer que a sordidez não ia mudar, quer eu me valesse dela, quer não. Por isso, comecei esta conversa com a descrição de nosso aplicativo no Google Play. Porque aquilo era verdade.

E o raio daquilo que a NeverAlone® fazia era baseado numa completa mentira. Por sinal, fazia não, faz, porque eles continuam aí, firmes e fortes.

Eu disse que reconhecer a fala de doentes terminais é um problema quase insolúvel, correto? Eu não pude dizer a sorte monstruosa que tivemos para resolver isso, porque tínhamos acabado de contratar um cara cuja tese de doutorado era sobre esse assunto. E contratamos ele porque tínhamos outro especialista nisso já trabalhando conosco. Ainda assim, tivemos, novamente, a sorte de ter atirado na direção certa logo de cara, senão poderíamos muito bem ter ficado patinando nisso por anos. Sempre achamos que a NeverAlone® tinha começado a trabalhar naquele projeto muito tempo antes, e que, provavelmente, esse era o projeto-piloto da empresa.

Mas não. O que eles têm é tão primário que me dá raiva só de lembrar. Resumindo, eles nunca tiveram a menor condição de resolver o problema real de reconhecimento de fala do usuário-doente (bem, eles compraram a nossa solução, mas, tirando isso...). O que eles fizeram foi só um monte de suposições e associações arbitrárias. Em outras palavras, quando o *software* não entendia, ele chutava alguma coisa. É claro que todo *software* faz isso, mas... para começar, eles chutavam muito. E, por muito, eu quero dizer **muito**. E todo o ponto é que os chutes do *software* eram sempre para o mesmo lado. A legenda deles nunca tinha um palavrão, nunca tinha uma ofensa. O velho falava "seu desgraçado", e a legenda escrevia "estou sofrendo". Talvez isso tenha começado de forma inocente, mas é claro que, rapidamente, eles perceberam o quanto isso ajudava. Às vezes, o usuário-família percebia o erro, mas, na maioria absoluta das situações, ele acreditava na legenda. Com o usuário-família vivendo uma "versão *light*" da conversa, ele se irritava menos, mostrava uma paciência que, normalmente, não tinha. Isso resultava em duas coisas: em mais diálogos, em mais frases do usuário-família para o *software* aprender e construir seu vocabulário, e em clientes mais felizes. E a única coisa que importa é um cliente feliz. Não interessa se você entrega um bom serviço, interessa se o cliente está feliz. Os clientes da NeverAlone® estavam mais felizes. Está aí a porra do Grande Imponderável da Internet.

Eu não sei se ficou claro o tamanho do mergulho na irrealidade disso tudo. Aplicativos como o nosso criavam uma enorme mentira, as pessoas achavam que estavam em contato, achavam que estavam recebendo e dando atenção, quando, na verdade, estavam enganando ou sendo enganadas. A NeverAlone® criou um nível de mentira dentro do único momento de verdade disso tudo, e essa mentira se propagava, porque o *software* aprendia em cima desse mundo de mentira. E é claro que os clientes ficavam felizes. Ficavam até com a consciência mais tranquila quando liam os testamentos. Ficavam não, ficam. Porque esse negócio está aí, funcionando, agora.

Vocês não têm noção do peso que é saber que você influenciou a maneira como milhares e milhares de pessoas morrem todos os dias. Bem, acho que posso dizer que os coitados vão embora até mais contentes, mas... morrem enganados, enganados por umas pessoas horrorosas, por monstros que eles chamam de família. E essas pessoas horrorosas vão talvez um dia morrer da mesma forma; daqui a 50 anos, vão estar vendo um holograma dos filhos chorando na sua frente, enquanto eles comem e riem como porcos em algum lugar longe dali, gastando, previamente, o dinheiro que herdarão. Eu não sei se fico feliz ou triste, mas nós escancaramos o quanto as pessoas são monstruosas.

Você não vai acreditar, mas eu juro que tudo começou com uma vontade genuína de criar algo útil. Quatro pessoas conversando, pensando se podiam fazer algo quanto a todas as pessoas morrendo sozinhas, longe da família. Era um diabo de um pensamento aterrador. No começo, era tudo muito honesto, ou melhor, muito real. Queríamos realmente criar algo que ajudasse as pessoas e acreditamos que, se fizéssemos isso bem, o capitalismo faria o resto por nós, o capitalismo resolveria o problema de fazer seja lá o que inventássemos disponível para todo mundo. Só que nós não contamos com a capacidade que as pessoas têm de corromper as coisas. As pessoas corrompem tudo, as pessoas corrompem a morte. Diabos, as pessoas corrompem até o capitalismo.

O SORRISO POR TRÁS DA MÁSCARA

O prédio era antigo, e seu alto pé-direito ecoava, com força, os passos de quem caminhava pelo saguão e pelos corredores. Era uma construção enorme, vinda de outra realidade. E, por falar em realidades, a realidade do momento – a da quarentena forçada – já era novidade velha.

Aproveitava ao máximo as oportunidades de sair – afinal, todos ainda têm que comprar comida, ou ao menos buscá-la na portaria do prédio. E fazia um esforço enorme, racionalmente obstinado, de não ficar obcecado quanto ao contágio. A paranoia é tão certa, tão onipresente, que sem dúvida já deve ser tanto tema como personagem de muitos escritores mundo afora. Mas, se ele mesmo fosse escrever, não seria sobre isso. Parecia real demais. Preferia lembrar das simulações que via no celular, com pontinhos se mexendo na tela, cada um deles representando uma pessoa num modelo matemático. A cor desse ponto diria se era um infectado, um recuperado ou alguém ainda livre do vírus. Os pontinhos vermelhos – infectados – por vezes sumiam. Pensou em como seria a vida da perspectiva de um pontinho desses.

Bidimensional, disse para si mesmo.

Ouviu o barulho de outro par de pés andando pelo mesmo caminho que fizera. Ele iria chegar ao elevador primeiro, mas, se tivesse que esperar, sem dúvida, a outra pessoa o alcançaria antes que pudesse entrar e fechar a porta. Como era um elevador grande, era permitido que moradores de dois apartamentos distintos embarcassem ao mesmo tempo, desde que usassem máscara e mantivessem mais de um metro de distância entre os grupos. Além disso, sempre havia os que ignoravam as medidas de segurança. É óbvio que preferia subir sozinho.

Não estava com a menor pressa de chegar em casa, mas apertou o passo para tentar escapar da companhia forçada. Assim que o fez, porém, percebeu que era algo quase inútil. Se o elevador já estivesse lá, subiria sozinho mesmo sem se apressar – a outra pessoa não estava tão perto assim. Mas, se este estivesse em algum outro andar, chegar antes não mudaria nada; afinal, dificilmente teria tempo de chamá-lo e embarcar antes de ser alcançado. Inútil ou não, a pessoa no corredor decerto pôde perceber que ele passara a andar mais rápido, mesmo que por poucos metros apenas.

Era uma mulher quem se aproximava, anunciada pelo inconfundível ruído dos saltos. O caminhar era seguro, de uma cadência clássica, como se um metrônomo o seguisse – e que jamais daria duas ou três batidinhas apressadas sem motivo.

O elevador não estava lá. Apertou o botão, revirando os olhos, e caprichou na expressão vazia à espera da pessoa que se aproximava. Pôde vê-la pelo canto dos olhos, mas não desviou seu foco nem um milímetro. O vulto naquela região desfocada da visão lhe pareceu de uma mulher asiática. Diabos, desde quando tinha uma chinesa naquele prédio? Não tinha chinês, só talvez uns peruanos. E tem uns peruanos com cara de japonês por aí. Hummm, pensou, se eu quiser ser racista, vou ter que aprender a identificar as raças primeiro.

Abriu a porta e deu um passo para o lado, fazendo um gesto com a mão para a mulher entrar. Precisava, de alguma forma, compensar sua corridinha fútil. Ela sorriu, agradecendo, disse um “obrigada” mudo, apenas movendo a boca invisível sob a máscara, e entrou no elevador com a mesma calma com que caminhara até ali.

A mulher era infernalmente bonita. Tinha mesmo um traço oriental, mas não fazia a menor ideia de onde ela poderia vir. Era bonita o suficiente para fazê-lo esquecer-se de qualquer vírus, bactéria ou dinossauro que aterrorizasse a humanidade. Havaí, talvez? Tailândia? Era possível. Teria que ouvi-la falar... Era improvável, porém, que fossem conversar banalidades. Ela de alguma forma conseguia continuar bonita com a máscara, talvez mesmo *mais* bonita. Mas como, diabos?

Sentiu-se ainda mais envergonhado por sua pequena corrida de dois passos. Ao entrar no elevador, viu a mulher tocando o painel dos andares e, antes que ele pudesse fazer o mesmo, ela perguntou:

— Qual o seu?

— O décimo nono, obrigado.

Ela tocou no painel com uma mão esguia coberta por uma luva delicada, de um couro refinado, preta, com contornos vermelhos. Um acessório elegantemente útil nestes tempos.

A frase foi curta demais para ele ser capaz de identificar algum sotaque, mas tinha quase certeza de que ela era de fora. E, sem a menor dúvida, era a primeira vez que a via. Passou os olhos por ela, disfarçando entre uma conferida inútil nas duas sacolas que trazia nas mãos. Pensou em algo a dizer, mas não conseguiu pensar em nada digno o suficiente. O provável é que iria vê-la sair pela porta do oitavo andar, e sabe-se lá quando a veria outra vez.

As pequenas tragédias desses dias infernais.

Olhar para aquela mulher, saber que só iria vê-la por mais quinze segundos antes de voltar para sua casa, para sua sogra e sua esposa o fez suspirar até o fundo dos pulmões. Espantou-se com a própria reação.

Depois, se espantou com o mero fato de ter reparado na própria reação. Efeito colateral de tempo demais se olhando no espelho.

De qualquer modo, sabia que poucos segundos após entrar no apartamento, após cuidadosamente tirar suas roupas, colocá-las num saco plástico e levá-las para a máquina de lavar, no trajeto que faria até o chuveiro, iria ouvir sua sogra gritando, reclamando da primeira coisa que pensasse e dizendo o quanto ele era um inútil. Os gritos vinham em ondas, a velha senhora precisava colocar a máscara de oxigênio, recuperar a respiração e dizer para ele mais um pouco de tudo que ele havia feito de errado. Sua própria mulher, há pouco mais de um ano, havia desistido de tentar controlar esses acessos. Já eram parte de suas vidas.

Mas, ainda assim, era uma boa vida. Não podia reclamar. Pelo menos era boa nos momentos em que ele podia sair de casa. Tinha um bom emprego, um bom salário, e ambos não estavam em risco. Haviam se mudado para o enorme apartamento de sua sogra para garantir que ela seria bem cuidada – a idosa não confiava em ninguém além da filha mais nova. A confiança em sua esposa, porém, não se estendia, de forma alguma, a ele. Normalmente, havia cuidadores e enfermeiros, o que era quase um luxo; afinal, ela era ainda bastante independente. Só precisava de oxigênio quando fazia muito esforço. Ou quando gritava. Por ora, gritava uns dois cilindros por mês.

Nesses dias de contenção e quarentena, todos os profissionais foram dispensados. Manteria o pagamento de todos, apesar disso. Não era culpa deles que não podiam trabalhar, e, enquanto seu próprio salário continuasse sendo pago normalmente, não deixaria de pagá-los também. De qualquer modo, agora eram só os três dentro do apartamento, que, apesar de enorme, suntuoso até, parecia um pouco menor a cada dia. Graças aos céus era uma cobertura, e, assim podia ficar ao ar livre. No início, tinha calafrios ao olhar para todas as pequenas janelas que podia ver lá de cima. Cada pequeno cubículo continha um pesadelo. Mas bastava um grito vindo lá de dentro para fazê-lo sentir uma ponta de inveja por qualquer um dos longínquos vultos sem nome que via nos incontáveis parapeitos ao seu redor.

Seu apartamento antigo era um meio-termo entre as pequenas caixinhas de pesadelo e o paraíso com uma serpente onde vivia. Ainda assim, não conseguia ter saudades daquele lugar. Nunca teve saudades de nada, na verdade.

Às vezes, era sua esposa quem gritava por ele. Era um grito diferente, sem dúvida, mas chegava a sonhar com a ideia de ela vir chamar-lhe simplesmente tocando em seu ombro.

Tudo isso corria em sua cabeça, enquanto, sem perceber, tinha cravado os olhos no ventre magro da mulher com quem dividia aquele pequeno espaço. Outro fluxo de pensamentos, bem mais desconexo, menos inteligível e, também, menos controlável, começou a rodar em paralelo em seus circuitos cerebrais, a cada segundo conquistando mais espaço, empurrando tudo o mais para fora. Sua atenção, todo seu ser, naquele momento estavam quase completamente absortos por aquele ventre quando o elevador, após um solavanco decidido, interrompeu a subida e parou. A luz fraquejou, apagou-se por um instante, voltando quase que de imediato, ainda que com uma intensidade um pouco menor.

Demorou alguns décimos de segundo para despertar de seu leve transe, o suficiente para que começassem a descer. Piscou os olhos, conferiu o painel, voltando-se para sua companheira de recinto:

— Parece que faltou luz. Vamos descer até o último andar de garagem, a porta vai abrir quando a gente chegar lá. Está tudo bem.

Falou isso devagar, porque imaginava que a mulher não compreendesse bem o português. Ela o olhou com algum interesse, respondendo com apenas um leve aceno da cabeça e um sorriso por trás da máscara.

Pelo menos ele havia ganhado mais alguns segundos para olhar aquele corpo, foi o que pensou, sem se dar conta do que estava passando por sua cabeça. Continuou com os olhos fixos na mulher, não tinha nenhum motivo para não o fazer. Não considerava nem um pouco a ideia de falar qualquer coisa mais. Só queria aproveitar aquele tempo o mais que pudesse. Três meses atrás, provavelmente, não se comportaria assim. Podia lembrar muito bem de como era a vida três meses atrás. O que não conseguia era lembrar dele próprio.

Um ranger de molas anunciou que o elevador, enfim, havia chegado ao fundo do poço. A luz piscou outra vez, e a porta começou a se abrir. Porém, após mover-se apenas um centímetro ou dois, parou de repente. Um leve zumbido se fez ouvir por alguns segundos, tornou-se mais agudo e, por fim, desapareceu. A luz diminuiu outro tanto, e se fez total silêncio.

Bem, pelo visto agora teria todo o tempo do mundo para olhar para ela.

Os segundos passaram, tornaram-se minutos, e nenhum dos dois se moveu. Parecia que ficariam lá uma eternidade, quando se pôde ouvir uma voz soando dentro do elevador, avisando-os que os técnicos já haviam sido chamados e que deveriam ficar calmos. Após alguns segundos de mais silêncio, a voz perguntou:

— *Vocês estão bem?*

A mulher moveu a cabeça e, com uma pequena hesitação, respondeu, na direção de onde vinha a voz, "sim".

— *Oi, está tudo bem aí?*

Era necessário apertar um botão no painel para falar, e ela não havia feito isso. Apenas repetiu, um pouco mais alto, "sim". Ele pôde ver seu corpo se mover sob a roupa, cada vez mais absorto pelo que via. No segundo “sim”, moveu seu foco para os cabelos, que acompanharam o leve movimento do torso. A voz no interfone falou ainda mais alto, repetindo agora apenas “alô, alô”.

Ela olhou então para ele, franzindo o cenho. O repetir do “alô” foi como um despertador desagradável, fazendo-o balançar curta e rapidamente a cabeça. Após uma breve indecisão, deu dois passos, esticou a mão e respondeu, pressionando o botão correto:

— Tudo bem aqui, não se preocupem. Tudo bem.

A mulher fez um leve sinal de concordância. Ele retornou ao seu lugar, acordado de seu pequeno transe. Começou então a processar, de maneira minimamente racional, tudo que ocorrera nos últimos segundos. Olhou-a nos olhos, determinado a dizer algo que não soasse idiota.

— Precisava apertar o botão... Não deve demorar para abrirem a porta.

Ela continuou olhando-o sem mudar a expressão, ao mesmo tempo em que ele percebeu de imediato que sua determinação fora em vão – era difícil pensar em algo mais óbvio do que aquilo que acabara de falar. Mas, ainda assim, de súbito sentiu-se bem, muitíssimo bem, vivendo uma situação bastante inusitada, fora do ciclo interminável que havia virado a realidade. Sem que percebesse, passou a sorrir com o canto da boca.

Sua quase silenciosa companheira acidental adquiriu uma expressão curiosa, perguntando “o que foi” com os olhos. Seus olhos sem dúvida traíram o seu sorriso. Estranho, era um bom jogador de pôquer. Bem, ou era isso, ou ela era capaz de ver através da máscara.

Só que desta vez não ia fazer papel estúpido. Só tinha uma carta na manga, e ia usá-la.

— Escuta... Desculpa por eu ter corrido para pegar o elevador. Foi uma coisa idiota, eu não deveria ter feito isso.

Agora a mulher se surpreendeu de fato. Fez um gesto com as duas palmas voltadas para baixo, agitando as mãos para os lados, enquanto desviava o olhar para baixo. Completou o gesto com uma negação simples:

— Não, não... Tudo bem, tudo bem.

Ela tinha sotaque, quanto a isso não havia dúvida. Só não sabia qual. E tinha uma coisa estranha quando ela falava, ela era... era mais altiva quando estava em silêncio. Quando falava, alguma coisa simplesmente não encaixava.

Mas, falando ou em silêncio, o fato inegável é que era muito, muito bonita. Mesmo estando de máscara, ele podia sentir a mistura de cheiros de perfume e de corpo.

Uma frase inesperadamente honesta criou uma situação melhor do que a anterior. Talvez outra melhorasse tudo ainda mais.

— A última coisa que eu achava que iria acontecer, quando saí de casa, é que ficaria preso no elevador com uma mulher tão bonita.

Ela só balançou a cabeça, mais uma vez, mas nem ao menos ficou enrubescida. Apenas voltou à sua atitude mais reservada. A segunda frase, pelo visto, anulara o efeito da primeira. Um celular, porém, rompeu o silêncio, e não teve tempo de ter certeza se esse era mesmo o caso.

Tirou o aparelho do bolso e leu uma mensagem de sua esposa. Teclou algo de volta. Após algumas mensagens trocadas, decidiu parar de teclar e enviou uma mensagem de áudio:

— Não, eu não estou sozinho.

Após receber outra sequência de mensagens e responder mais uma vez por texto, enviou outra mensagem de voz:

— Não, eu não vou tentar disfarçar e dar um jeito de tirar uma foto dela.

Pôde sentir a surpresa da outra com sua frase íntima dita em voz alta, mas, propositalmente, não a olhou. Se o tivesse feito, a teria visto murmurar um "oh" sob a máscara.

A próxima mensagem demorou um pouco mais para chegar: "O que essa pessoa vai pensar de mim agora?"

Levou o celular perto da boca e falou:

— Vai pensar que você queria que eu tirasse uma foto dela aqui no elevador.

E sorriu, olhando para a mulher, que já o assistia impassível outra vez. Após um segundo, porém, ela rapidamente abaixou a máscara, entrelaçou os dedos das mãos, apoiou sobre eles o rosto e mandou-lhe um lento e fotogênico beijo. Isso não deixou de assustá-lo, mas, passada a surpresa, caiu numa gargalhada, bastante intensa sem dúvida, mas que flertava com o nervoso e o forçado.

Após um tempo, enquanto se recuperava, levantou os olhos e percebeu que sua companheira de confinamento involuntário tinha uma expressão calma, como se nada tivesse acontecido. Queria muito dizer alguma coisa, alguma coisa relevante, qualquer que fosse. Sem muitas opções, afinal falou sem mais pensar.

— Se eu bato essa foto, minha mulher morre.

Sua interlocutora balançou a cabeça negativamente, indicando que isso não era algo a se fazer. Ele jogou a cabeça para trás, concordando.

— Tem razão, tem razão. Não é hora de matar ninguém. Muito menos minha mulher, coitada. Se já tomo um baita cuidado com minha sogra, como não vou tomar com ela?

Ficou sério de repente, e em silêncio por alguns segundos. Sua companheira de cela olhava para o chão.

— E é bem difícil, bem difícil. Minha sogra é grupo de risco, tem problemas de respiração. É uma pessoa difícil... E, ah, coitada, não é culpa dela. Sempre foi difícil e agora está mais, só isso. Não tenho escolha.

Após um breve silêncio, repetiu:

— Não tenho escolha.

Seu discurso soou para si próprio estranhamente ensaiado. Prestando atenção nele mesmo, não pôde perceber a maneira como ela o olhava. Olhava um olhar que traía o esgar sob a máscara.

— Todo mundo tem escolha. Sempre tem escolha.

Quando voltou seu olhar, ela já estava acabando a frase. Fez uma careta qualquer para indicar que dera atenção e se pôs a pensar se conseguia definir qual era o sotaque. Porque ela tinha sotaque; sem dúvida, tinha.

Percebeu que precisava responder algo, mas simplesmente esqueceu o que ela tinha acabado de falar. Parou para pensar um pouco. Olhou para cima, como se estivesse avaliando alguma coisa.

— Mas está dando certo. Estou conseguindo, não vou trazer o vírus para dentro de casa. O pior já vai passar. Vai dar certo.

Sabia que a breve conversa havia ficado desconexa e tentou mudar o assunto.

— Mas essa... essa foto ia sair sensacional. Rir pelo menos eu posso.

E agora riu com prazer. Era, afinal, a melhor tarde que teve em meses. Aquilo tudo estava muito bom. Não estava pensando em mais nada, não estava pensando em uma louca aventura extraconjugal relâmpago. Talvez pensasse nela em sua próxima relação sexual, talvez ela o fizesse se masturbar em algum banho solitário, mas não, agora não pensava nisso, nem mesmo considerava essa hipótese. Já tinha tido toda a ação que queria ter.

Ela, porém, continuava falando pouco. Tentou fazê-la dizer algo:

— E você?

A mulher olhou para ele, em dúvida. Ergueu os ombros, como se não soubesse o que responder. Ele também não insistiu. Não quero saber se ela vai ter que ouvir alguém gritar que é uma inútil logo que chegar em casa, pensou consigo mesmo. Talvez com ela seja tudo ao contrário.

Nesse momento, a mulher tossiu. Não muito alto, por baixo da máscara, mas de maneira clara e inconfundível. Ela não desviou os olhos do chão.

Ele sabia que sua própria máscara estava no lugar. Estavam em cantos opostos do elevador. Não havia tocado nela. Não havia nada a fazer além de continuar lá, imóvel. Olhou-a com uma cara de “não se preocupe”, por uns dois segundos, e voltou o olhar para frente. Deve ser tudo mesmo ao contrário com ela, pensou. Mas, pelo visto, agora era hora de acabar a brincadeira. Agora era a hora de pegar a bola e ir para casa.

Passaram mais alguns minutos em total silêncio. Ele sentia o celular no bolso, vibrando a cada mensagem, mas não tinha ânimo para lê-las. Sabia o que ia ler.

Ouviram vozes do lado de fora. Alguém lhes disse que já estavam para abrir a porta. Ele a olhou com um sorriso diplomático sob a máscara. Ela retribuiu o olhar, com uma expressão que ele não tinha visto até então.

Decidida, com movimentos calmos, mas que, ao mesmo tempo, pareceram acontecer num piscar de olhos, moveu-se em sua direção, abaixou a própria máscara e a dele, e o beijou na boca. Não um beijo de duas adolescentes provocando os amigos, mas um beijo que uma mulher dá para um homem. Um beijo onde os tecidos sensíveis e móveis se tocam, onde os fluidos se misturam, um beijo que não deixa nada por não fazer. Um beijo febril, tanto metafórica como literalmente. Segurava-o pela nuca enquanto o beijava, até ouvir a porta começar a abrir. Moveu-se para trás, recolocou as duas máscaras com precisão e velocidade assustadoras e saiu no mesmo passo metronômico com que entrou naquele elevador, meia hora atrás, uma era glacial atrás. Uma realidade atrás.

— Agora decide – disse por cima do ombro, com seu sotaque de lugar nenhum.

Os técnicos estavam parados na porta, esperando que ele saísse, mas tiveram que tocar em seu ombro para que ele, enfim, se movesse.

Deu dois passos para fora do elevador, tirou o telefone do bolso. Eram muitas mensagens.

“O que está acontecendo aí?”

“Está tudo bem?”

“Quando você acha que vai chegar em casa?”

Que ela o tinha infectado, não tinha dúvida. Só não sabia com o quê.

PSEUDOSERENA

Demorou mais do que gostaria, mas o sucesso, enfim, veio. Quando as notícias sobre a doença começaram a aparecer, ela tentou não se animar, tentou achar que era bom demais para ser verdade. No fundo, talvez duvidasse que tudo poderia dar tão certo assim. Para alguns dos outros, talvez fosse um pouco mais fácil acreditar, mas, exatamente para ela, depois de tanta coisa... simplesmente, demorou muito para ver aquilo tudo como real.

Durante o mês de janeiro, enquanto as notícias só vinham da China, ela já tinha se convencido de que não ia sair de lá, o que significava que isso não mudaria em nada sua vida. Só a China não contava. Talvez rendesse uma nota aqui, outra ali, um cliente a mais, mas não mudaria nada de verdade, sabia disso. Apesar de um ou outro raio de esperança que chegou a surgir em seu peito com alguma notícia mais alarmista, em geral, ela se manteve realista e com os pés no chão. Realismo, costumava pensar, sempre foi um de seus traços mais marcantes.

Porém, veio fevereiro, e a coisa começou a se alastrar pelo mundo. Num espaço de dois dias, viu as manchetes mudarem, aumentarem. Começavam a contar uma história que soava familiar, muito familiar. Tentou negar a princípio, tentou ignorar, creditou tudo ao sensacionalismo, mas as notícias e os *posts* continuavam chegando, insistentes, não a permitindo ignorá-los. Tentou, então, uma medida drástica: no final de semana, fez o que chamou de um "retiro espiritual". Isolou-se na casa de uma amiga (que estava fora da cidade), desligou a televisão, desligou o telefone, desligou o computador. Estaria só com ela mesma por algo em torno de sessenta horas.

E as sessenta horas se arrastaram enlouquecedoramente. A primeira noite ainda foi tranquila, na companhia de um livro, do qual leu umas duas ou três dezenas de páginas, não de uma vez só, porque acabou dividindo a leitura em uma meia dúzia de pequenos períodos, alguns de meia hora, outros de menos tempo. Acabava se distraindo com pequenas coisas; buscava, em vão, pelo celular em sua bolsa; levantava-se para ir ao banheiro; acendia outro incenso; tomava um pouco d'água; olhava pela janela, até, finalmente, conseguir voltar para o livro. Chegou até mesmo a se interessar pela leitura, quando, enfim, em torno das onze da noite adormeceu. Acordou apenas uma vez durante a noite para ir ao banheiro e abriu novamente os olhos em torno das sete horas da manhã de sábado. Não havia fechado as cortinas, e a luz a despertou.

Fechou as cortinas decidida a dormir mais um pouco, mas, mesmo que ainda sentisse sono, o máximo que fez foi rolar impaciente na cama. Levantou-se, fez uma cafeteira quase cheia de café preto e sentou-se à mesa da cozinha com uma expressão desafiadora, que traía o pensamento de "eu vou conseguir" que repetia para si mesma com obstinada frequência.

Depois de uma xícara e meia de café, levantou-se e foi na direção da televisão. Ao levar a mão para o botão de liga e desliga, lembrou-se de que não deveria assistir à TV. "Força", pensou consigo, antes de se atirar no sofá, tentando esconder o desânimo de si mesma.

"Eu deveria ter ficado pelo menos com a *Netflix*", lamentou-se, olhando em volta. Fechou os olhos, ajeitou-se um pouco melhor e tentou cochilar um pouco. Ficou lá por um quarto de hora, e levantou-se irritada. Tentou voltar para seu livro, mas não resistiu por mais de quinze minutos. Abriu sua bolsa, olhou para o meio maço de cigarros que estava lá. No plano de parar de fumar que estava em curso, meio maço deveria durar dois dias ao menos.

Assim, antes mesmo do meio da manhã de sábado, a experiência já tinha azedado completamente. Em algum momento daquele dia pôs-se a procurar por alguma bebida – deveria ter algum álcool naquela casa. A uma hora e meia que investiu procurando por isso foi, sem dúvida, a que passou mais rápido em todo aquele final de semana. *Sem álcool e sem remédios*, foi o que disseram para ela. Um exagero desnecessário, pensou, afinal não era nenhuma viciada. De qualquer modo, agora era tarde demais para reclamar.

E resistiu. Sobreviveu ao seu retiro espiritual, emergindo dele disposta a aprender alguma lição importante. O final de semana interminável a viu caminhar em círculos, a escuridão das noites a ouviu gritar de desespero, mas não se entregou. Viu o sol nascer na segunda de manhã com uma expressão orgulhosa, que contrastava com as profundas olheiras que a assustaram quando se olhou no espelho.

Passou pela televisão decidida a, primeiramente, fazer um café e apenas depois ligá-la, mas, ah, já havia acabado o final de semana, a promessa havia sido cumprida, e estava mesmo na hora de olhar para o mundo novamente. Ligou em algum telejornal e não demorou para perceber:

Estava acontecendo.

A injeção de adrenalina foi muito forte e quase a fez desfalecer. Teve certeza, teve total certeza. Estava acontecendo. Estava finalmente acontecendo.

Correu para o carro, sentindo as pernas fraquejarem. Teve dificuldades, mas conseguiu abrir a porta. De dentro do porta-luvas, tirou o celular. Ligou-o e começou a receber as muitas mensagens e notificações. Lidou com isso o melhor que pôde, mas deixou de ler muita coisa. Falou com uma ou duas pessoas, tentando ocultar sua excitação. Tinha certeza de que agora era só esperar acontecer. Não ia precisar fazer força nenhuma. Não ia precisar fazer mais nada. O universo ia levar tudo até seu colo.

Mas já não era mais uma garotinha. Um final de semana tenso, de pouco sono e pouco alimento, e um choque emocional como o que teve não iriam passar sem deixar sua marca. Não demorou muito para bater seu carro. Foi uma batida leve na traseira do carro da frente, e, para sua enorme sorte, o motorista era um médico, que percebeu seu estado de confusão mental. De lá, foi direto para um hospital.

Dessa vez, o tempo passou rápido, porque simplesmente não o viu passar. Eram apenas *flashes* de paredes brancas, pessoas vestidas de branco, coisas estranhas que lhe eram ditas. Sabia que aquilo significava algo, mas o significado fugia, fugia, era como um coelho cinza saltando na grama, rápido, pequeno, elusivo. Por mais que tentasse, não passava perto de lhe cravar as unhas.

E assim foi mais uma semana. Não precisou torcer para a epidemia alastrar-se e se agravar, crescer e tomar o mundo. Tudo aconteceu sem a ajuda de seu pensamento positivo. Quando acordou, acordou em outra realidade.

E, nessa realidade, ela era uma celebridade.

Sensitiva Serena, a mulher que previra a covid-19. Nesse momento, todo o planeta já conhecia seu rosto, todo o planeta havia visto o vídeo em que ela descrevia como seria o ano de 2020. Fora do país sua fama era ainda maior, porque o texto das versões legendadas do vídeo era de uma precisão impressionante. Havia relatos de que em países do Oriente Médio governos haviam banido seus vídeos, assustados com a dimensão do poder atribuído a suas palavras.

Filas de pessoas queriam conversar com ela, filmá-la, entrevistá-la. As enfermeiras a tratavam com deferência. A equipa médica, com raríssimas exceções, era também bastante atenciosa. Um ou outro a tratava como uma qualquer. Suas refeições eram caprichosamente bem cuidadas. Deixaram-na até fumar duas vezes, o que não se repetiu, porque um médico desagradável fez uma cena.

Não demorou para que tivesse alta do hospital. O descanso a fez muito bem. Tudo havia sido provocado pelo *stress* emocional no qual se encontrava, agindo sobre uma saúde que, se não era frágil, também já mostrava os efeitos do consumo de álcool, cigarro e remédios controlados.

As semanas foram desenrolando-se numa pressa frenética, ela quase não conseguia desfrutar de sua fama, de seu *status*, que agora já era parte da realidade. Todos queriam saber sua opinião, queriam saber como sentia que seria o futuro. Quando percebeu, já era conselheira até do presidente.

Realmente, não viu o tempo passar. Não pensou em quase nada. Só surfou a gigantesca onda que a levou.

Uma manhã, estava revisando as respostas que daria numa entrevista que faria naquela noite. A parte mais importante, sem dúvida, era uma pergunta tripla: *"Qual a sua relação pessoal com a epidemia? Como você lida com ela? Faz sentido a prevenção para você?".*

Ela tinha noção do quanto sua resposta iria influenciar as pessoas. Mesmo no arrebatamento contínuo que era agora sua vida, era capaz de ver as notícias do que ocorria mundo afora. A despeito do ceticismo fanático de muitos que orbitavam à sua volta, ela não podia se furtar à realidade da epidemia; afinal, a característica que definiu sua vida foi a de ser uma ótima observadora do comportamento humano. E sabia ler muito bem aquilo que via no rosto das pessoas que apareciam na televisão.

Era fundamental, porém, enfatizar o quanto era capaz de sentir o que o destino lhe reservava. Mas como poderia ela inspirar algum cuidado em seus seguidores, ao mesmo tempo em que não questionava, completamente, a inevitabilidade do futuro? Ela precisaria encontrar uma saída desse aparente paradoxo. Decidiu que o ideal seria ler um pouco sobre física quântica, e estava prestes a ler o primeiro artigo *on-line* quando passou os olhos pelas notificações em seu celular, e reparou o grande número de mensagens de SMS não lidas. Ela recebia milhares de mensagens de muitas formas diferentes, mas havia muito tempo que não lia os SMSs, talvez desde antes mesmo de parar no hospital.

Reconheceu alguns dos contatos, até que parou ao ver um deles em particular. *"Claro, claro que eles iam procurá-la agora"*, pensou, irritada. Sabia que não tinha como evitar e tentou não pensar nisso, para, simplesmente, não ter que lhes dar razão. Procurou apenas por desculpas, e por alguma maneira de empurrar tudo para mais adiante. Digitou, com alguma pressa, uma mesma resposta para algumas mensagens: "Não se preocupem, eu não vou esquecer de vocês".

Largou o telefone, levantou-se e acendeu um cigarro, pensando em beber alguma coisa. Não viu a resposta à sua última mensagem: "é claro que não vai".

"Saco", pensava entre uma baforada e outra, "essa gente não sabe como é, nunca esteve neste lugar que estou. Não é assim, não que as pessoas saem me dando coisas, me dando dinheiro. Eu não estou ganhando tanto dinheiro assim. O que eu posso fazer agora? Eles têm que esperar, têm que esperar".

Apagou o cigarro com raiva, antes de se voltar para o telefone, que começava a tocar. Depois de responder com alguns "tá, tá" apressados, encerrou a ligação com uma fala brusca: "Eu vou precisar de um telefone novo, número novo, tudo novo. Não quero mais esse aqui. Porque não quero".

A entrevista saiu muito pior do que gostaria. Transmitiu tudo, menos serenidade. Seus seguidores ficaram extremamente aflitos. Ela deveria estar pressentindo coisas horrorosas para ficar daquele jeito.

Passaram-se mais dois meses. O primeiro foi de paz, ela demorou uns três dias para esquecer do episódio e, a partir daí, viveu de maneira plena os dias tão felizes e intensos que se seguiram. Todos queriam um pedaço de sua sabedoria, queriam compartilhar de sua sensibilidade, queriam fazer parte do silêncio respeitoso que a ajudava a sentir as vibrações do futuro. Mas esta é uma era já com algum desenvolvimento espiritual, e as pessoas tinham a maturidade de não lhe perguntar, diretamente, o que iria acontecer. Ela não precisava explicar que não era tão simples, que grandes previsões não eram feitas assim, como quem faz um post em rede social.

Mas, ao final desse primeiro mês, finalmente, uma mensagem a reencontrou. Essa primeira não foi tão ruim, era de uma pessoa um pouco mais sensível, alguém até que poderia trazer para junto dela. Sim, ela tinha algum medo, mas... talvez fosse melhor assim, talvez só dessa forma pudesse lidar com o problema.

Outras pessoas do grupo foram, lentamente, entrando em contato. Até achava que seriam muito mais insistentes e desagradáveis. Ela deveria impor algum respeito, disso não tinha dúvida. De qualquer modo, só em alguns poderia confiar. E, é claro, tinha que fazer alguma coisa quanto a ele. Diferentemente do que ocorrera alguns meses atrás, foi o último a enviar-lhe alguma coisa, mas, ah, é claro que ele sabia bem o que estava fazendo. Amaldiçoado seja, só de ler suas frases ela tinha um arrepio. Punha-se a pensar em como poderiam ter deixado alguém daquela laia fazer parte daquilo. Era uma pessoa baixa, era de muito baixo nível. Tinha outros parecidos, mas ele era o pior, com certeza.

Sabia que conversavam entre si sobre ela. Sobre o que mais conversariam agora? Óbvio, tinham um interesse comum. Ela nunca fez *realmente* parte do grupo, foi mais ou menos seguindo os acontecimentos. Na verdade, talvez ela pudesse – ou devesse – romper completamente o contato. Não devia nada a eles. O que eles poderiam provar? Ela era... Ela era ela, a Sensitiva Serena, não era à toa que tudo tinha acontecido com ela. Por que não foi com outra? Porque era o destino *dela*. Não era obrigada a dividir os louros com ninguém. Iria até ajudar aqueles do grupo que fossem bem-comportados, mas não ia ceder à chantagem. Não, ninguém ia fazer isso com ela. Não com ela.

Nesse momento alguém bateu de leve à sua porta. Era sua secretária. Era estranho não ter mandado uma mensagem... A jovem girou a maçaneta e, por uma fresta que se entreabriu, a chamou em voz baixa.

— Sra. Serena...

Ela fez um esforço e sorriu, ergueu uma das mãos, pedindo silêncio, enquanto, com a outra, a convidava para entrar.

— Querida, eu já lhe disse, é *Sensitiva* Serena. Mas o que foi?

— Tem uma pessoa lá fora, ele disse que conhece a senho... – a pobre moça estava procurando como se expressar, quando sua empregadora fez um gesto com a mão, como se a guiasse. A secretária, então, completou:

— Ele disse que conhece a Sensitiva... Os outros eu consigo lidar, mas esse, ele...

Ela estava acostumada a muitas pessoas a procurarem, mas, subitamente, entendeu quem estava lá. Era muita audácia. Pensou em chamar os seguranças e mandá-los dar um jeito naquele pesadelo em forma de gente, mas respirou fundo e decidiu que aquela situação tinha que ter um ponto final, e seria agora. Tentou transparecer a maior segurança que pôde.

— Deixa ele passar o portão e coloca ele para esperar lá na frente, na segunda antessala. Chama a segurança, pede para que venham três. Depois que eles chegarem e que estiverem aqui do lado da porta, você faz ele aguardar uns cinco minutos e aí manda ele entrar. Entendeu?

— Entendi, sen... Entendi, Sensitiva Serena. É para já.

Assim que fechou a porta, a mulher lá dentro acendeu um incenso; em seguida, um cigarro; e, logo após, outro incenso. Foi até o fundo da grande sala, abriu uma porta de vidro e serviu-se de um gole de um *Licor 43* com o qual uma de suas seguidoras favoritas a havia presenteado. Ela havia trazido de uma viagem a Santiago de Compostela, há alguns anos, e guardado para uma ocasião especial. E o que poderia ser mais especial do que presentear a Sensitiva Serena em pessoa? O mundo material podia ser o que fosse, mas tinha alguns prazeres que não poderiam ser substituídos por nada do plano etéreo.

Tomou meio cálice do licor, sentindo o sabor subir, diretamente, do céu de sua boca para o fundo de seu espírito. Depois de uma tragada no cigarro, encheu o cálice – desta vez, até a boca – e sorveu todo seu conteúdo em um movimento contínuo, sem beber de um só gole, mas, também, sem parar, com uma das mãos apoiada na mesa, o corpo projetado para frente e a cabeça cada vez mais para trás. Ficou, ainda, com o pequeno copo vazio virado para baixo por alguns segundos, até, lentamente, pousá-lo de volta na mesa e, após, apoiar a mesma mão que trouxe o copo sobre o tampo de vidro, espalmada, sentindo a superfície lisa e fria sob seu toque, gemeu um gemido rouco, com a cabeça ainda virada para o teto.

— Aaaaaaaaaaahhhhh...

Ao acabar de emitir aquele som de suas entranhas, voltou-se, rapidamente, para a porta, que ainda estava fechada. Caminhou de volta para sua enorme mesa, sentou-se, sorveu o cigarro com força e pôs-se a esperar. Ele ia ver com quem estava falando.

Passaram muito mais do que cinco minutos. Será que aquela pateta entendeu?, ela se perguntou, irritada. Odiava esperar. Quanto mais esperar por um miserável, um charlatão barato como aquele. Cada minuto que esperou deixou mais claro para ela o que deveria fazer. Era uma mulher influente, e não o era à toa. Ia usar sua influência. *Ah, se ia.*

Foi naquela espera que tomou a decisão de usar seus novos contatos. Havia um senador em particular que era especialmente sensível a tudo que ela dizia e sempre se colocava completamente à sua disposição. Ele poderia ajudá-la. Não queria pedir um favor, não era algo que combinava com alguém na sua posição, mas... essa era uma situação peculiar. Pedia uma solução especial.

O conteúdo da conversa que se seguiu, quando afinal se viu cara a cara com a figura que habitava seus pesadelos nos últimos meses, reassegurou fartamente sua decisão. Mal o homem saiu, e ela já estava ao telefone. Na verdade, mesmo que não tivesse tomado aquela decisão previamente, o conteúdo da conversa naturalmente a teria levado a isso. Aquela volta do destino sem dúvida já estava traçada, e não era necessária uma Sensitiva Serena para adivinhar essa parte.

Não conseguiu conversar imediatamente com o Senador. As coisas não eram assim tão simples. Ele era um homem muito influente e, também, muito requisitado. Mas não passou mais do que duas horas até que ele ligasse pessoalmente.

— *Sensitiva Serena, é um prazer conve¬rsar com a senhora. Me disseram que a senhora tem um problema, e eu te garanto que todo o país está à disposição para lhe ajudar.*

Ela pensou em pedir ao Senador para não usar o "senhora", mas estava aflita e preferiu ir direto ao ponto:

— Obrigada, Senador, muito obrigada, do fundo de meu espírito. Meu espírito está mesmo tenso, meu caro senhor, há uma sombra rondando minha casa, e ela não faz bem para ninguém. É uma pessoa, uma pessoa de meu passado, uma pessoa má, ruim, um espírito negro... Ele, ele não traz nada de bom, nada, nada.

— Sensitiva Serena, a senhora tenha certeza de que ninguém, ninguém nessa república inteira vai te fazer mal, de Norte a Sul. Ninguém vai encostar um dedo na senhora, não vai abrir a boca para falar uma palavra que seja contra a senhora. Isso aí eu, em nome do Senado Federal, eu que estou assegurando para a senhora. E eu lhe garanto que coloco o Poder Judiciário e o Poder Executivo também para lhe proteger, a senhora que é, talvez, o bem mais valioso que este país tem hoje.

— É um alívio, um alívio enorme ouvir isso. É muito bom ouvir alguém que está no caminho da luz, no caminho do bem. Eu vou ter uma dívida de gratidão eterna com o senhor. E vou usar todo o meu poder para sempre ajudar o nosso país.

— Eu fico muito feliz em poder ajudar uma pessoa como a senhora, que tem mesmo um dom, um poder especial, um poder muito maior do que o meu. Mas a senhora estava dizendo, então, que é uma pessoa só que a tem incomodado...

— Uma pessoa só, mas é alguém capaz de fazer muito mal, muito mal mesmo.

— Ah, eu sei. Isso aí eu acredito. Mas como a senhora quer resolver isso aí? Nós podemos acionar os meios legais, como eu disse, as polícias, o judiciário, mas... mas nós podemos... podemos resolver. Resolver isso aí de uma vez por todas.

A mulher ficou em silêncio por um momento. Engoliu em seco uma, duas vezes.

— Resolver...

— *Resolver. Garantir que ele não incomode a senhora nunca mais.*

— Mas vocês não vão...

— *A senhora não se preocupe com nada.*

Ela afastou o telefone do ouvido, olhou por um instante para o aparelho e o apoiou na mesa. Ligou o viva-voz e apoiou a cabeça nas duas mãos. Assim que ouviu a voz do Senador encher a sala, porém, pegou o telefone num gesto rápido, colocou a ligação no modo normal novamente e trouxe outra vez o telefone junto ao ouvido.

— Alô, alô – ela disse, interrompendo o Senador do outro lado.

— *A senhora está me ouvindo?*

— Estou, estou. Desculpe, eu estou um pouco tensa... Eu posso ligar para o senhor um pouco mais tarde ou amanhã de manhã?

— *Na hora que quiser, Dona Serena. Estamos aqui para servir.*

Ela agradeceu sem jeito e desligou o telefone. Mal reparou no "Dona Serena". A ligação acabou inconclusiva. Só na outra manhã ela seria capaz de tomar uma decisão.

A conversa que precedeu essa ligação telefônica durou menos do que ela temia, mas por maus motivos. Foi extremamente explícita e agressiva, baixo nível, bem como ela imaginava. O ser horroroso não entrou em sua sala imediatamente após a secretária tê-lo avisado – exatamente cinco minutos depois de os seguranças chegarem. Ouviu a moça dizer que podia entrar, agradeceu, mas não fez nenhum movimento. Ela o olhou interrogativa, no que ele imediatamente disse que já iria se levantar. A funcionária assentiu sem muita convicção, e voltou para seu lugar. Ele ficou lá até ela se levantar novamente. Nesse momento, ergueu-se com decisão e entrou no consultório da Sensitiva Serena.

— Oi, Selênia – disse com uma expressão bem-humorada.

Ela não disse nada, apenas olhou-o com raiva. Após colocar e tirar o cigarro da boca, disse diretamente:

— Eu já falei para você... Já falei tudo que podia falar. O que mais você quer? Eu já falei que não é tão simples.

Ele olhou em volta, entreabrindo a boca e colocando a mão na cintura.

— Quanto custa este lugar aqui?

— Ah, quanto custa, quanto custa... Não é tão simples. As pessoas se dispõem a ajudar. Eu não posso atender numa tenda.

— Você não paga para estar aqui?

Ela ficou em um breve silêncio irritado, balançando a cabeça num movimento negativo e curto.

— Uma quantia simbólica.

— Quanto que é uma quantia simbólica?

— É simbólico, merda – ela gritou, o que fez os seguranças lá fora despertarem. Um deles chegou a levar a mão à maçaneta, mas se deteve, esperando mais alguma coisa e, finalmente, voltou à sua posição original. – Sei lá – completou –, não é muito, minha secretária sabe.

Ele fez um sinal com a cabeça como quem diz “então pergunta”. Ela respondeu imediatamente:

— Ah, uns dez mil.

— Dez mil é simbólico?

A mulher fez uma expressão de surpresa enojada.

— Olha para este lugar! Dez mil nem começa a pagar por tudo isso! Valeria umas dez vezes mais, fácil, fácil. Claro que dez mil é simbólico para este lugar.

— Então.

— Então *o quê*? – ela perguntou, exasperando-se.

Ele respirou fundo, fechando os olhos. Puxou uma cadeira e se sentou. Quando o fez, olhou para ela e disse um “obrigado” irônico. Ela se sentou também, revirando os olhos.

— Vamos tentar começar de novo. Você já está atendendo aqui, não está?

Ela não respondeu de imediato.

— Estou – disse entre dentes.

— Está atendendo um pessoal que... bem, um pessoal que para eles dez mil também é simbólico, não é mesmo?

— Não é assim também.

— Então como é?

Ela estava prestes a gritar outra vez quando ele levantou a mão, abrindo um pouco a boca e articulando um “ah”, leve e gutural.

— Selênia, vamos lá – ele começou o que sabia que ia ser uma longa fala. – Você sabia aonde estava entrando, você conhece o acordo. Todo mundo fez sua parte, você tem que fazer a sua. E, você... você sabe, ainda foi a última a entrar no grupo. É só o segundo ano que participa. Eu estou faz doze anos, desde o começo. Doze anos esperando dar certo. Você nem sabe, mas fui eu quem teve a ideia. Fui eu quem falou com as pessoas, quem convenceu um por um. Conversamos, dividimos as previsões. Combinamos como que rodava. Todo ano mudava alguma coisa. Com o tempo, aumentou até o grupo, ficou maior que eu queria, mas, ótimo, aumentou a chance de acertar. Mas todo mundo confiável, não podia entrar qualquer um. É uma corrente, Selênia, não pode quebrar.

O homem fez uma pausa para respirar. Levantou-se de um impulso, só de falar o que falava sentia a contrariedade lhe assaltar. Tinha finalmente dado certo... tinha que ter sido justo ela? Não tinha confiado nessa mulher desde o princípio, mas outras duas pessoas foram enfáticas em interceder em seu nome. No momento em que conversaram pela primeira vez, quando viu que ela, *o tempo todo*, agia como se levasse si própria a sério; que, em nenhum instante, ela admitia nada, que jamais saía daquele papel, naquele momento, ele teve certeza de que não poderia confiar nela. Mas o que ia dizer para os outros? Que tinha tido uma intuição? Era ator, não um canalha completo.

Como ela.

— Você entrou no lugar da Dona Arminda. Você não lembra dela porque não a conheceu. Uma pessoa boa, uma pessoa simples. Ela não queria fazer parte disso, mas... outras pessoas insistiram, outras pessoas achavam que ela merecia tirar a sorte grande, ter a chance de tirar a sorte grande. Achavam que, se acontecesse com ela, ia fazer bem para o mundo. E foi assim que a convenceram a participar.

Fez uma pausa, repuxando os lábios numa expressão de esgar. Depois de fazer um breve "não" com a cabeça, continuou:

— Eu não achava que precisávamos substitui-la, ela é insubstituível na verdade, mas os outros... Bem, é só uma questão de número, na verdade. E o pessoal gostou do número que ficamos. Estão até dizendo que foi por isso que deu certo.

— Não foi por isso que deu certo – ela murmurou, irritada.

Ele parou, não conseguindo esconder o sorriso sarcástico.

— Então me conta, Selênia, me conta por que deu certo. Sem a menor dúvida, não foi por que estamos, faz mais de dez anos, em quase vinte pessoas, cada um fazendo uma previsão de grande catástrofe mundial, não foi? Não, não foi por isso... não foi por que o Roberto leu uma entrevista com o Bill Gates faz uns cinco ou seis anos e incluiu epidemia na lista, não? Não, foi sua entrada, foi aquele seu xale em cima dos bobes nos cabelos que você estava usando... quando foi, seis meses atrás, quando nos reunimos a última vez? – sim, foi isso que fez dar certo. Não foi o plano, não foi o planejamento, não foi o fato de que, depois que tudo começou a acontecer, todo mundo, todos nós todos os dias, divulgávamos que você, aliás, que "você" acertou sua previsão. Não, não foi isso. Foi outra coisa.

Sentou-se de novo na cadeira em frente à grande mesa. A mulher continuava em silêncio.

— A única coisa que você precisa fazer para dar certo, a única, é fazer sua parte, que é dividir o quanto você ganha com isso tudo. Já passou um bom tempo, quatro meses desde que você estourou, desde que nós fizemos você estourar, Selênia. E nada. Ninguém ganhou nada. E você nem disse quando, como, nem o que quer fazer. Você só enrola. Agora chega. Agora chega com essa merda.

Estava, realmente, com raiva, e ela pôde perceber isso claramente. Enquanto ele ainda estava do seu jeito normal, meio irônico, meio misterioso, com aquela pose de conquistador barato, enquanto isso ela só tinha desprezo por ele. Mas, agora, assistia ao seu ódio crescer, perfeitamente capaz de perceber quanto aquilo o consumia. Afinal, não se chamava Sensitiva Serena à toa.

Perdeu-se em seus próprios pensamentos por alguns segundos. Quando voltou a atenção ao homem à sua frente, ele a olhava diretamente nos olhos.

— Você é uma filha da puta, Selênia. Uma picareta filha da puta. Você não vai ficar com tudo para você, isso eu te garanto.

Levantou-se e, quando estava passando pela porta, voltou-se uma última vez.

— Pode fazer como quiser, mas você vai começar a dividir. Vai dar satisfação. E começa *amanhã*.

Filha da puta, ela conseguiu ouvir através da porta. A partir dali, além de aversão por aquela criatura, passou a sentir medo. E essa mistura, em minutos, tornou-se ódio. Trinta segundos depois, já sabia o que falaria para sua próxima cliente, que, quase com certeza, deveria ter ouvido ele xingar em seu caminho de saída: *Algumas pessoas têm dificuldade de lidar com a verdade.*

Chamou a secretária, avisou que faria uma ligação importante e, assim que acabasse, chamaria a próxima da fila.

Ela só dormiu naquela noite porque tomou uma boa dose de *zolpidem*. Mas não exagerou, só tomou dois, tinham falado para ela não passar de dois. Ela tomou dois e um Draminzinho só. E duas doses de 43.

Deve ter apagado lá por umas nove da noite. Não se lembra de como foi da sala para o quarto. Quando acordou, era quase meio-dia. Demorou uns dez minutos para ficar completamente alerta, lentamente remontando o dia anterior em sua cabeça. Quando se lembrou da palavra "picareta", tudo veio em um instante. Lembrou-se do ódio que passara a sentir. Foi fácil, bem fácil lembrar do ódio.

Buscou, instintivamente, o celular. Eram muitas mensagens e notificações de aplicativos e de chamadas perdidas. Ignorou tudo. Tinha decidido, estava tudo muito claro, deveria ter decidido ontem já. Ligou para o Senador, que não atendeu de imediato, mas retornou a ligação menos de um minuto depois.

— *O que a senhora manda, senhora Sensitiva Serena?*

Eram suas primeiras palavras do dia e sua voz falhou, saindo extremamente rouca e fraca:

— Resolve.

O homem não entendeu.

— *Desculpa, dona Serena, eu não ouvi.*

— Resolve, porra, resolve. Eu não quero mais ouvir falar desse canalha.

Ela começou a soluçar e falar numa voz entrecortada, profundamente agitada. Foi muito difícil para o Senador entender, ele precisou fazê-la repetir os detalhes muitas vezes. Pelo grau de agitação de uma pessoa tão iluminada, a coisa tinha que ser muito séria.

Estava completamente alterada e falava numa torrente contínua. Uma das últimas coisas que disse e que ficou clara o suficiente para ser entendida, foi *"tem que sair no jornal, o mundo tem que saber, o mundo tem que saber que esse filho da puta morreu".*

O Senador era um homem prático, não acreditava muito em figuras de linguagem. Por isso, os jornais da manhã seguinte mostravam uma foto de um corpo estendido no meio da rua, crivado de balas, com tantos furos que quase não sobrou nenhum sangue dentro dele. Uma pequena foto três por quatro do assassinado, tirada do documento de identidade, vinha num pequeno quadro ao lado da manchete.

E nunca mais ninguém duvidou do poder da Sensitiva Serena.

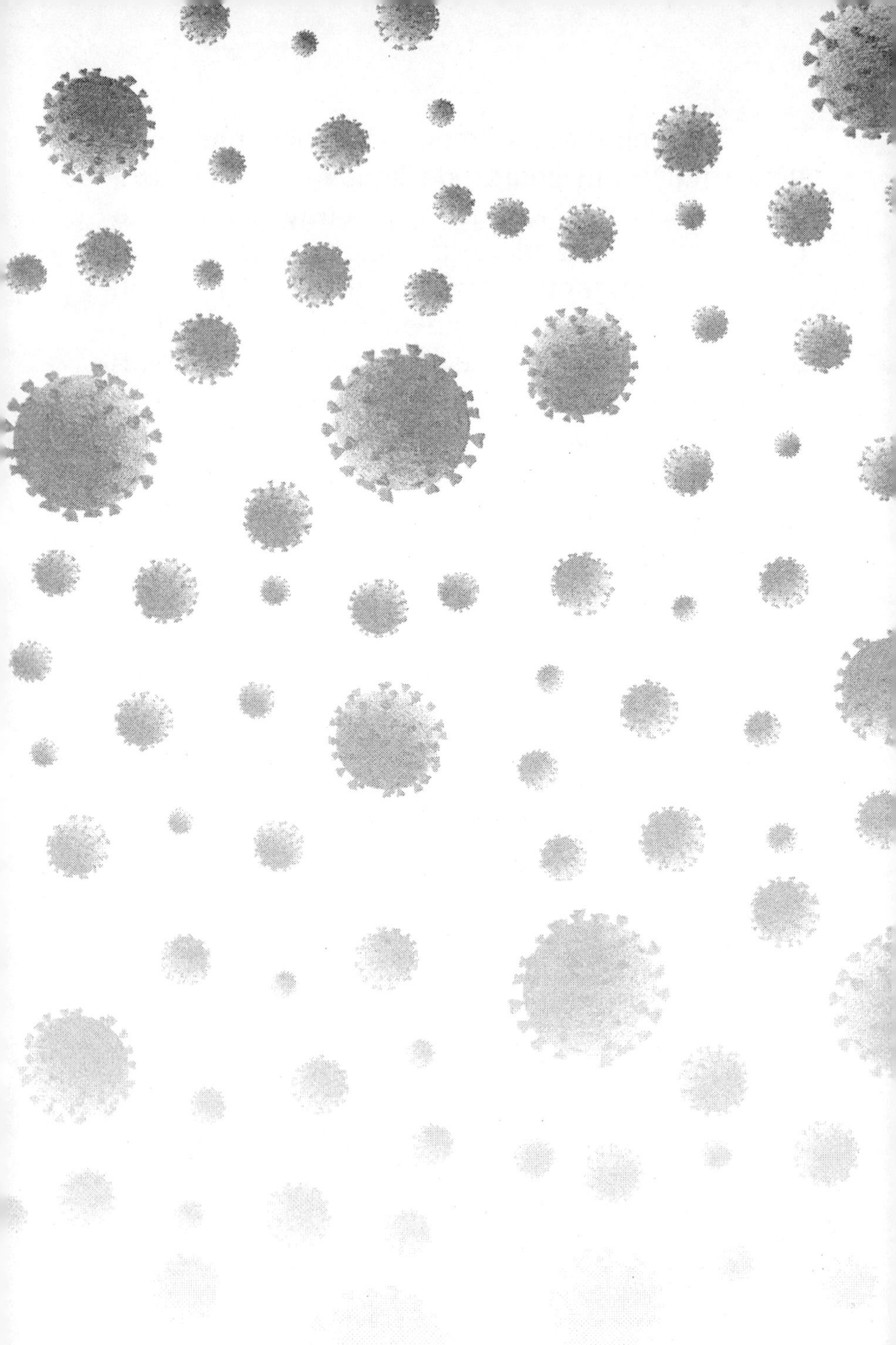

CHUTE NO FORMIGUEIRO

Seu bairro tinha muitos nomes. Não, na verdade, nome mesmo, tinha um só, mas era um nome de muitas coisas diferentes. Para alguns, era bairro mesmo; para outros, favela, quebrada, cidadão, comunidade... Nome do lugar tinha um só, mas nome para chamar o que o lugar era tinha muitos. Nomes do nome. Algo assim.

Só que, para ele, aqueles nomes todos não diziam nada. Para ele, o bairro era o mundo. Como podia não ser? Tanta rua, tanta casa, tanta gente, e tanta rua e tanta casa e tanta gente, e daqui a pouco uma pracinha e umas lojas de bugiganga, uma banca de revista que vende até revista, uma venda e uma quitanda, um bar e uma lotérica, e, de repente a rua parece uma avenida, tem até supermercado, e aí uma curva fechada e tanta casa e tanta gente e às vezes um micro-ônibus soltando fumaça no meio das pessoas. Aquilo era o mundo.

Andando pelo mundo, virando aqui, virando ali, passando quase por dentro de uma casa, depois de outra, mais uma rua, e depois coisas que ele não conseguiria explicar se quisesse, ele chegava na escola. Da escola, ele via a borda do mundo. E o mundo avançava um pouco para fora da borda. Tinha tentáculos, como o do animal que viu no livro ontem, na escola na borda do mundo.

Já tinha saído do mundo, claro. Saía bastante, como toda gente por aí. Tinha ido em lugares bem mais bonitos, com muito mais espaço, com prédios altos e brilhantes. E visto os *Shopping Centers*, enormes, as paredes lisas e grandes por fora, as luzes e o ar gelado lá dentro, e as caras das pessoas e dos seguranças. Tinha muita coisa lá fora, mas tudo parecia menor do que o mundo. Mesmo que fosse maior. Era tudo muito mais vazio do que o mundo.

O mundo respirava. Respirava pessoas, para dentro e para fora do mundo. Toda hora, as pessoas iam e vinham, as ruas estavam cheias, e, nas casas, ah, nas casas, não tinha quase ninguém. Só de noite, mas, mesmo assim, o mundo continuava respirando. O mundo nunca parava de inspirar e expirar pessoas.

Mas aí veio o vírus. No começo, era só um nome estranho, uma coisa que falavam por aí, que não queria dizer nada. Aí começaram a falar mais, falavam muita coisa, não falavam nada com nada. Aí pediram para ficar em casa. Aí mandaram ficar em casa.

Foi estranho, porque ninguém podia mandar no mundo. Tinha uns que achavam que mandavam nas pessoas, mas, no mundo... como mandar parar o mundo? Achou que não, que era impossível, mas de repente as ruas foram ficando vazias, e o mundo foi respirando cada vez menos, e as pessoas iam nas vendas, e às vezes parecia, por um pouquinho, que o mundo respirava muito, muito, mas de repente estava tudo quieto. Sem respiração.

Então, percebeu: o mundo ainda estava respirando, claro. Podia ouvir as pessoas conversando, tantas vozes, tantos passos, tantos ruídos. E as televisões, os celulares, as geladeiras ligadas, as portas dos fornos batendo e batendo, as pessoas tossindo, espirrando, puxando a descarga. E, quando todo o mundo ia dormir, os barulhos iam diminuindo, as televisões iam desligando, as camas iam rangendo, até que só sobravam os cachorros que latiam e o barulho das pessoas deitadas, que tossiam e tossiam, até pegarem no sono.

E ele estava deitado, uma pequena abelha naquela enorme colmeia, pensando em como estava seguro. Na verdade, não estava pensando nisso, porque quem se sente seguro pensa em tudo, menos nisso. Sabia que estava junto de todos os outros, perto de todos os outros... lá, como um ser só, respirando o mesmo ar, estavam todas as pessoas do mundo.

Sentia-se exatamente como uma formiga se sente, na escuridão dos corredores escuros do formigueiro, segundos antes de um moleque entediado destruir seu mundo com um chute displicente.

BICHO

Acordou porque tinha muita luz. Estava meio acordado fazia bastante tempo, mas empurrava o mais que podia a hora de ter que se levantar, que sempre vinha junto com muito barulho, com gente que gritando e com o chão tremendo. Sentia as lufadas de vento de coisas grandes sendo descarregadas perto dele, sentia os passos e os pés cada vez mais perto, até que alguém finalmente o chutava, e ele começava a se mover.

Nessa hora ele recuperava um pouco de terreno. Quando saía de baixo do cobertor, e o cheiro de seu corpo ocupava o ambiente à sua volta, logo antes de puxar as calças para cima, nos instantes em que seu corpo estava quase todo à mostra, nesses momentos a massa humana que começava a esmagá-lo recuava, dava-lhe espaço e tempo suficiente para fugir. A massa tinha uma inteligência própria, nunca o encurralava, nunca o deixava sem saída. Só o empurrava para o mais longe possível.

Era o tempo em que ele podia juntar seus trapos e começar a caminhar, com seu passo lento e irregular, em alguma direção que pouco importava. Todos os caminhos levavam ao mesmo lugar.

Mas hoje, não. Hoje não foi a massa que o acordou. Hoje, foi só a luz. Isso acontecia às vezes. Em geral, eram os pés e as vozes, mas volta e meia elas não vinham mesmo, ou vinham menos, ou vinham mais tarde. Passava um, dois dias, e elas voltavam com força. Um pouco mais, um pouco menos, mas sempre voltavam.

Hoje não. Ontem também não teve muitos pés e vozes, só que não lembrava direito de ontem. Não sabia mais direito o que *era* ontem.

E foi bom dormir. Foi bom poder acordar com a luz. Não acontecia muito. Dormia bastante, mas dormia picado e dormia no claro. A noite demorava muito para ficar vazia. Eram muitos sustos antes de adormecer. Os pés e as vozes estavam sempre o empurrando. Estava sempre com sono. Com sono ou com fome, com fome e com sono. E o barulho e a luz e as vozes e as lembranças de como era quando ele conversava com alguém... Ele já tinha conversado, ele se lembrava disso. Lembrava pouco, mas ainda lembrava uma lembrança embaçada de uma conversa. Às vezes, às vezes lembrava.

Meteu-se a andar. Andou porque quis, como quis, sem ter que acompanhar os cantos entre o chão e as paredes. Quase como um homem, mas não reparou nisso. Estava tudo tão vazio. Os vidros brilhavam, o sol brilhava, o asfalto era preto, as calçadas, cinzas. Não sabia os nomes das cores dos prédios e das placas.

Que dia bom!

Tinha fome. Achava cada vez menos comida, isso era ruim. Olhou uma lata de lixo, quase completamente vazia. Olhou outra, e estava tão vazia quanto. Mais uma; nessa, tinha um jornal enrolado. Pegou no jornal para ver se havia algo dentro. Nada. Olhou para o papel impresso em sua mão, desinteressado. Tinha uma foto bem grande, mas o que via na foto era igual ao que via à sua volta: prédios e uma rua grande vazia.

Pela primeira vez em muito tempo, algo que viu num papel fez algum tipo de sentido. Mexeu mais no jornal, jogou aquelas folhas fora e olhou outras. O que via agora eram pessoas com coisas presas na cara. Ontem – se soubesse bem o que era ontem –, também tinha visto pessoas com coisas na cara. Aquilo também fez algum sentido.

Seguiu andando, deixando as folhas para trás. Ao longe, viu outra pessoa com uma coisa na cara, mas ela logo sumiu. Podia andar para todos os lados, não havia pessoas, não havia carros, não havia barulhos altos que machucam, pés que chutam, vozes que gritam. Era só espaço. Espaço e silêncio. Era bom.

Mas tinha a fome, a fome não era boa. Revirava toda lata que via, mas tudo que achou foi uma coisa azul. Do azul ele também se lembrava. Era um pano pequeno, tinha cheiro. Cheirou bem a coisa azul, tinha um pouco de cheiro de comida também. Sua memória intermitente esbarrou em sua consciência vacilante – encontro tão raro – e se lembrou das pessoas com coisas na cara. Como mágica, percebeu que aquela era uma coisa de colocar na cara.

Foi fácil colocar. Quem não conseguiria, ele se perguntaria, se ainda perguntasse alguma coisa para si mesmo. A coisa na cara fazia o cheiro de comida ficar dentro dele, e isso enganava a fome. Continuou andando, olhando tudo em redor com sua coisa na cara. Atrás dos vidros, as fotos grandes estavam lá, mulheres de pele limpa e lisa sorriam, sorriam sem coisas na cara.

Eram tão bonitas! Agora, podia ficar lá parado, olhando para as mulheres bonitas quase sem roupa e sem coisas na cara. Ficou lá até a fome fazer ele andar de novo.

As horas de sono, a calma, as mulheres bonitas que o hipnotizaram, tudo isso fez a pequena chama de sua consciência crepitar um pouquinho mais forte. Um pouquinho, só um pouquinho, lá no fundo, junto com *flashes* de palavras, de conversas... pessoas sem coisas na cara falando, outras palavras ditas por alguém...

...alguém, alguém. Esse alguém... era ele!

Ele era alguém.

Essa ideia ficou na sua cabeça enquanto andava, olhando ao redor, procurando por comida.

Mas ali não tinha latas, só tinha vidro e chão, muito vidro, um vidro escuro, preto, onde podia ver o reflexo das coisas.

Ele era alguém. Tinha quase certeza.

Viu de longe uma pessoa. Ela tinha uma coisa na cara. Foi na direção dela, e chegou perto rápido, um rápido estranho. A pessoa cresceu na sua frente. Era feia, estava quase sem roupa também, mas não era como aquelas mulheres bonitas. A roupa era um pedaço de pano velho e imundo para cobrir o meio do corpo e só. O resto era um tronco magro e sujo, uma perna cheia de feridas, alguns tufos de pelo aqui e ali, uma barba estranha pressionando a coisa azul na cara, unhas pretas, dedos pretos, uma marca roxa na testa comprida. Uma carcaça de rugas grandes, com dobras e ossos, magro, de um brilho fosco, encardido, com uma cor que ele não sabia o nome, que nem parecia cor.

Olhava para a pessoa, ela estava atrás do vidro preto. Dava, agora, para ver o cabelo engordurado, cinza, saindo dos lados da cabeça, balançando na frente da cara, da cara com a coisa de colocar na cara. O vento empurrou os cabelos para longe, sentiu aquele vento enquanto suas sensações e sua mente se encontraram e percebeu, finalmente:

Era ele.

Ele era aquela coisa feia, suja, aquele bicho com uma coisa na cara. Já tinha visto ele outras vezes, em outros vidros, mas não sabia que era ele. Não olhava para ele porque ele era muito feio. Tinha medo dele. Preferia olhar para as mulheres bonitas, até que não pudesse mais, até que os pés e as vozes o chutassem e o empurrassem para longe das mulheres bonitas.

Mas, agora, estava lá, frente a frente com ele. Não olhava mais para a cidade e as ruas e os prédios e os vidros, para todo aquele espaço. Só olhava para ele, para aqueles braços magros e ossudos, o cabelo crescendo para o lado, a cabeça projetada para frente. A imagem dele no vidro preto com a coisa azul na cara absorvia tudo em sua volta.

E sabia que era ele, lembrava um pouco dele. Era diferente, mas era ele. Lembrou que era gente. Tinha lembrado, agora, bem agora. Lembrava que tinha lembrado. Era gente. Mas o ele na frente dele o assustava, fazia-o querer correr, fugir. Mas estava curioso com ele. Assustado e curioso ficou lá, preso. Mas não queria olhar como olhava para as mulheres de papel. Elas eram outra coisa, outra gente.

Ele não era aquela gente.

A fome apertava cada vez mais. Não ouviu, hipnotizado que estava pela imagem à sua frente, um carro que passou muito próximo e parou a uns trinta metros de distância. A janela abriu, um braço foi colocado para fora e deixou uma sacola no chão. *“Ei, comida”*, uma voz gritou, mas ele não escutou.

Ouvia só os *flashes* de conversas, cada vez mais rápidos em sua cabeça, que agora gritavam, agora o chamavam de bicho. Agora ouvia os pés que o acordavam toda manhã, que diziam que era bicho. Ouvia tudo isso olhando fixo para a imagem à sua frente, a pele e a sujeira e as feridas e os pelos e o cabelo. E a coisa na cara, aquela coisa azul, aquela coisa estranha, e as palavras que gritavam em sua cabeça que ele não era como aquela outra gente, que não era ninguém, que era bicho.

Era gente. Não, era bicho. O vidro preto dizia que era bicho. Era gente!

Não! Era bicho. Olha o bicho lá. Era um bicho na frente dele. Não era gente.

Bicho, bicho. Cada vez que ouvia “bicho” em sua cabeça, o preto do vidro aumentava, o resto sumia, seu corpo sumia, tudo foi sumindo, sumindo, até que ficou só preto, com um ponto azul no meio. Fugiu, fugiu da voz que falava “bicho”. Não ouviu mais “bicho”.

Não ouviu mais nada.

Seu nariz sentiu um cheiro. Arrancou a coisa da cara e, qual bicho, foi atrás da comida.

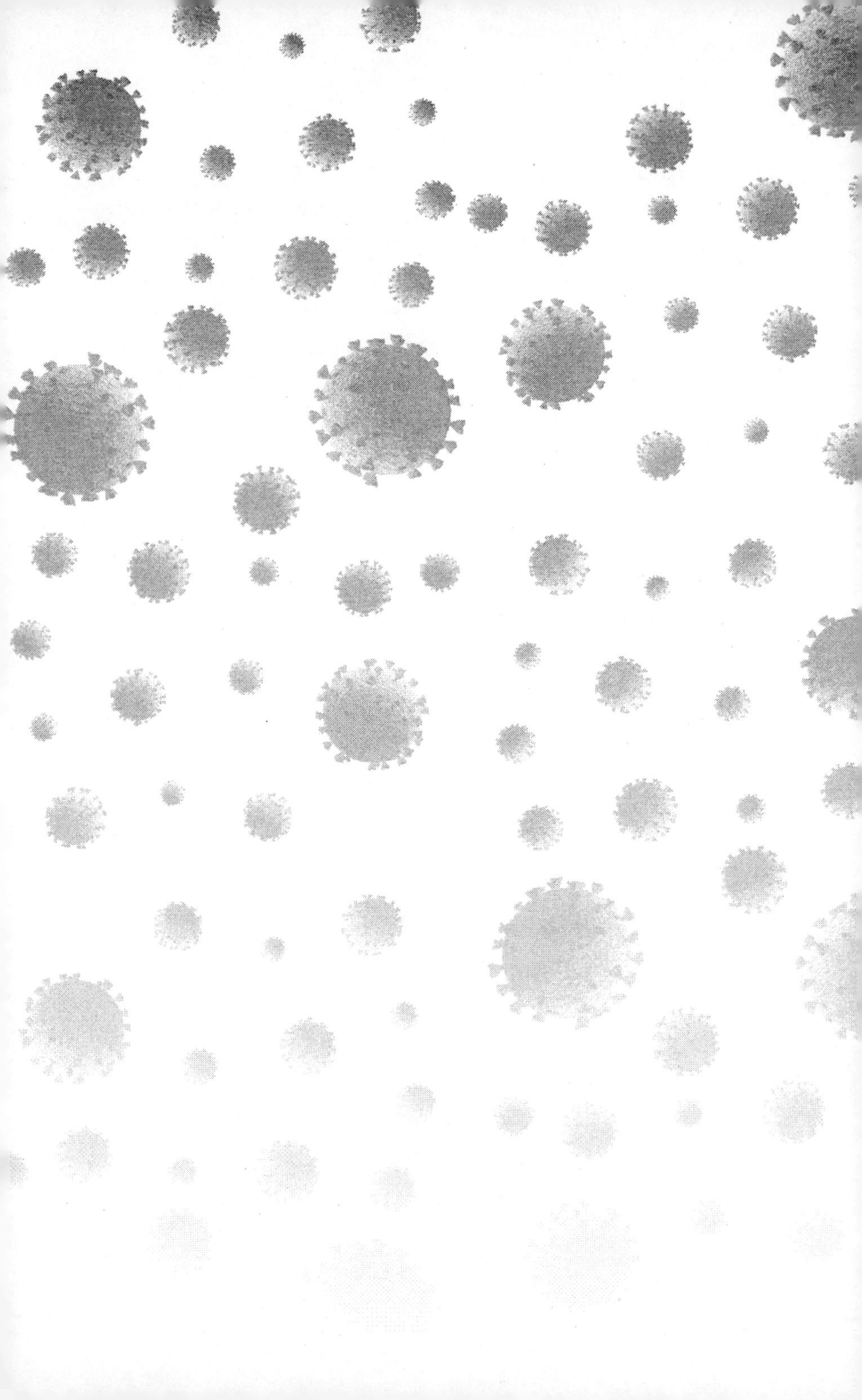

FLORIPÔNIA

Apesar das casas grandes e envidraçadas, dos carros caros e das lojas com nomes em inglês, o hospital de Floripônia Internacional era incompleto. A fachada era bonita, o letreiro era enorme, mas faltavam médicos, enfermeiros, uma UTI de verdade e muitas coisas mais. Quando o Sr. Trajano chegou lá, com tosse e febre, havia bastante espaço – espaço *demais*, explicitado pela falta de pessoal e de equipamento. Ele desconfiou que tinha pegado aquela doença da qual estavam falando na televisão, aquela que teve muito lá na Itália. Foi dito e feito.

Ele piorou rapidamente e, em dois dias, foi parar na UTI mal equipada. Homem perspicaz que era, pediu para chamar seu filho – que o havia trazido para o hospital e lhe fazia companhia o máximo que podia, mas que, naquele momento, não estava lá.

— Eu não vou sair daqui não, filho – disse, por baixo da máscara de oxigênio.

Arthur, um homem de pouco mais de 40 anos, continuou olhando-o no rosto e segurou em sua mão. Concordava com o pai e, como ele, não sabia dizer mentiras confortáveis.

— Eu vou te dizer o que fazer, e eu quero que você me escute e prometa que vai fazer, entendeu? E eu sei bem o que eu estou fazendo. Sei muito bem.

Manteve os olhos no filho, segurando firme suas mãos, mas permaneceu em silêncio até ver a concordância em seu rosto.

— Eu nunca fui bom de negócio. Você sabe disso, sua mãe falava isso até morrer, até o dia que morreu. Mas isso aqui que eu tenho, isso vai matar muita gente, no estado todo, em Floripônia... Tá matando no mundo inteiro, que tem bem mais dinheiro e bem mais condição que a gente. Engraçado que aqui foi começar justo comigo, mas eu vou te dizer o que você vai fazer. Você vai pegar o dinheiro que temos em caixa, vai pegar o que eu tenho na poupança, que não é muito, mas é alguma coisa, você vai pegar tudo, tudo e vai comprar em caixão. A gente faz até dívida. Compra de tudo, caixão barato, caixão caro... Não, compra mais do caro, que esse pessoal aqui de Floripônia Internacional vai querer uns caixões bem bonitos, bem ricos. Eles têm funerária aqui, eu sei, mas não vão dar conta. E, lá na cidade, vai morrer gente a rodo também. Já que é para esse negócio me matar, então pelo menos que meu filho ganhe dinheiro com isso. Entendeu? Sua irmã não precisa de nada, o marido dela já tem dinheiro que chega. Vamos fazer tudo isso agora, enquanto consigo ainda, que fica tudo mais fácil.

Falou isso tudo com dificuldade, parando a cada frase, a cada duas palavras às vezes. Mas a mensagem era clara, e Arthur entendeu. É claro que quis protestar, as palavras chegaram a lhe subir à garganta algumas vezes. Mas foi vencido não só pela força do desejo do velho, mas por sua indisposição natural de se rebelar contra o que quer que fosse, ampliada pelo desânimo de ver seu pai no leito de morte.

Cinco dias depois, Arthur já havia cremado seu pai, e estava sentado no escritório da Funerária Floripônia, aguardando a entrega de um enorme número de caixões, para os quais havia, inclusive, alugado um galpão. A tarde corria monótona e triste, pelo menos para quem não olhava para seu *smartphone* a cada 5 minutos.

Margarida havia crescido em Floripônia e ido trabalhar em Floripônia Internacional quando esta ainda era um bairro da cidade da qual se emancipou. Foi lá que conheceu seu futuro marido, empresário bem-sucedido que, apesar de paulista, morava no Rio de Janeiro. Já iam quase 20 anos desde o casamento e a mudança de cidade. O casal tinha um apartamento bem próximo ao local onde se conheceram e lá passava, ao menos, um mês a cada dois anos.

Ela e o marido foram pegos de surpresa pela notícia. Nem o irmão nem o pai a quiseram preocupar com a primeira ida ao hospital, e a velocidade do avanço da doença fez com que fossem avisados do estado de saúde do Sr. Trajano um dia antes do falecimento. Estavam em viagem quando souberam da hospitalização – a pandemia estava iniciando, e nenhuma medida restritiva estava já em curso. Julgaram mal a gravidade da situação, estavam incomunicáveis quando veio a hora final do velho e só viram as chamadas não atendidas, e a subsequente mensagem com a informação da morte algumas horas depois de ele ser cremado.

Demorou algum tempo para Margarida realmente se dar conta do ocorrido. Seu marido percebeu o momento em que ela se sentou na cama de hotel e perdeu o olhar numa parede vazia. Apertou os lábios, deu dois passos na direção da esposa, colocando, com alguma hesitação, a mão em seu ombro.

— Você não poderia ter feito nada. Foi muito rápido.

Ela demorou para responder. Ficou talvez meio minuto imóvel, para então seus lábios começarem a tremer. Tentou duas vezes começar uma frase, mas não conseguiu. Afinal, disse, com uma voz que não era a sua, enquanto a primeira grossa lágrima rolava por sua face direita:

— Mas eu não queria fazer nada...

Fez um gesto como se tentasse pegar algo à sua frente, uma, duas vezes. Bateu com as duas palmas nas pernas para depois cobrir o rosto com as mãos, quando entrou num pranto forte, desafogado. O marido se aproximou mais, encostou seu corpo no dela, passando a mão em sua cabeça. Finalmente, ela o abraçou com força, passando os braços em volta de sua cintura e colando o rosto em seu abdômen.

Após alguns minutos, ele se sentou ao lado dela. A mulher limpou as lágrimas, tentando recompor-se.

— Por que, por que o Arthur não me avisou antes? Por que fiquei sabendo de tudo tão tarde? Ele podia ao menos... Ah, ele... – não conseguiu continuar a frase, só soltando um *“aquele idiota”* no meio da crise de choro que voltava. Ela abraçou o marido outra vez, que esperou diminuir o volume dos gemidos para dizer alguma coisa.

— Você sabe como é seu irmão.

Ele a sentiu balançar a cabeça, concordando.

— Por que é que ele nunca faz nada direito?

Encontrar alguém para depositar a raiva aliviou sua vontade de chorar. Seu irmão tinha uma qualidade indefinível, alguma coisa que fazia com que tudo à sua volta parecesse – ao menos para ela – inacabado, incompleto, irrelevante. Ele lhe passava um ar daquela pessoa que ninguém repara numa festa, de alguém que nunca chega a lugar nenhum, de alguém que está sempre perdendo uma chance de não fazer uma besteira. O que costumava ser uma impressão suave, apenas uma espécie de finíssima névoa em torno de sua imagem mental do irmão, naquele momento tomava uma dimensão absolutamente desmesurada. A névoa se tornava uma grossa lente através da qual via sua imagem deformada pela inanição e pelo fracasso.

Mais uma vez, ela enxugou as lágrimas do rosto e se recompôs. A raiva era uma ótima muleta. Olhou para o marido, firme, dizendo:

— Eu que vou ter que acertar as coisas, acertar tudo.

O homem franziu o cenho, sem compreender perfeitamente a companheira.

— Ah, você sabe. Não deixar o Arthur fazer as coisas do jeito dele.

Ele não pôde deixar de rir com o canto da boca.

— Os dois são bem parecidos... Tudo lá é do mesmo jeito, tudo lá é do jeito deles. Não entra numa briga que você não pode ganhar.

Escolher suas batalhas era algo que ele sabia fazer muito bem. Era tudo uma questão de custo e benefício. Em dois dias, finalmente, conseguiu deixar isso muito claro para a esposa.

* * *

Os habitantes de Floripônia Internacional tinham, em sua maioria, ao menos, uma antipatia explícita por seus vizinhos de Floripônia, ou da "cidadezinha", como eles a chamavam (apesar de a cidade mais velha ainda ser maior do que a nova). Para alguns, essa antipatia vinha de ecos do processo um tanto traumático de emancipação (que, como hoje muitos admitem, foi bastante precoce); para outros, ela era uma reação ao fato dos floriponienses taxarem os floriponienses internacionais de esnobes. E havia ainda aqueles que simplesmente achavam os habitantes da cidadezinha uma gente, como dizer... bem, o tipo de gente com quem não dá para se relacionar.

Boa parte das pessoas que compartilhavam esse sentimento havia de fato nascido em Floripônia. Mas, como repetiam em conversas íntimas, eles nunca se sentiram floriponienses. Floripônia Internacional era seu verdadeiro lar, sua verdadeira terra natal.

Toda a região metropolitana, que incluía mais quatro municípios, tinha já suas centenas de milhares de habitantes. Boa parte da força de trabalho de Floripônia Internacional vinha de dois municípios: Pitarra Velha e Juticas. A cisma entre Floripônia e Floripônia Internacional havia sido muito séria, com boicotes econômicos promovidos pelos dois lados. Isso fez com que Floripônia Internacional buscasse, nos demais municípios da região, a mão de obra necessária para seu desenvolvimento, e essas conexões apenas cresceram com o tempo. Apesar da proximidade física, a distância entre as duas cidades – que já haviam sido uma só – só fazia aumentar.

Com um fluxo constante de pessoas para Floripônia Internacional, a expectativa era de que toda a região sofresse os efeitos da pandemia. Isso ocorreu de fato, mas numa taxa mais lenta do que se imaginou a princípio. Além disso, o impacto não foi homogêneo. Enquanto Floripônia Internacional teve um percentual de contágio próximo ao da média nacional, Pitarra Velha e Juticas sofreram uma crise sem precedentes, tendo um enorme volume de pacientes graves aparecendo de repente, quando o resto do país já via seus números retroceder.

E, na boa e velha Floripônia, uma meia dúzia de infectados apenas. Uma morte, de uma senhora cuja idade correta não era nem ao menos conhecida, pois seus pais a registraram apenas quando tinha quase dez anos. Vinha colecionando doenças há tempos, sua família já havia comprado duas vezes seu caixão, em ocasiões que havia sido desenganada pelos médicos. O primeiro caixão foi "emprestado" um ano depois para uma prima, que foi enterrada nele, e o segundo, comprado no próximo flerte com o ocaso, um ano depois. Esse caixão não foi emprestado e ainda estava lá, dentro de sua sala, disponível para a senhora de idade incerta. Coisas que só acontecem em Floripônia, como diriam na cidade vizinha.

O velho Trajano acertou em sua previsão; caixões teriam uma demanda muito alta, mas não poderia adivinhar duas coisas: uma, que Floripônia seria poupada da fúria do SARS-Cov-19; e outra, do quanto os habitantes de Floripônia Internacional eram capazes de fazer para não contratar os serviços provenientes de Floripônia. A demanda de caixões na cidade mais nova da região foi alta, é verdade, mas aquilo que as funerárias locais não puderam suprir foi encomendado de cidades mais distantes. A ideia de enterrar seus mortos com caixões da cidadezinha não parecia muito agradável aos floriponienses internacionais, e ninguém chegou a ver como brilhavam os belos caixões da funerária do seu Trajano e de seu filho Arthur.

Essa foi a situação que se abateu sobre a Funerária Floripônia. Em sua própria cidade, ninguém morria. Em Floripônia Internacional, morriam, mas não queriam seus caixões. De Pitarra Velha e Juticas, chegavam alguns pedidos, mas a população de lá queria caixões simples e baratos, justamente aqueles que a Funerária Floripônia tinha em pequena quantidade.

Faltavam alguns dias para vencer o terceiro ou quarto mês de aluguel do galpão onde estavam os caixões. Arthur não tinha mais condições de mantê-los lá. Na verdade, já deveria ter tomado uma atitude no mês anterior. Havia considerado muitas coisas, como, por exemplo, empilhar parte deles no estacionamento da funerária, protegendo-os com uma lona, enquanto outra parte iria para sua própria casa. Vinha esperando a situação se resolver sozinha, tentando não pensar, tentando não torcer para as pessoas morrerem. Protelou o quanto pôde, mas agora a água estava chegando no pescoço.

Não atendia muitas das ligações da irmã. Ela reclamou, obviamente, do investimento feito nos caixões. Obviamente também não deixou de culpá-lo por ela só ter sido avisada muito depois do falecimento do pai. Porém, nas últimas ligações, não mais falava sobre nenhuma dessas duas coisas, ao menos não de maneira explícita. Mas havia algo em seu tom de voz, nas palavras que escolhia, que o deixava profundamente desconfortável. Simplesmente não queria ouvi-la.

Floripônia tinha dois rios canalizados que cortavam a cidade. Não era exatamente uma paisagem bucólica – afinal, a cidadezinha era de fato feia –, mas o filho do seu Trajano gostava de caminhar pelas calçadas que margeavam os dois rios. Andava a passos lentos, correndo o olhar por todos os pequenos detalhes irrelevantes que via, e assim seu pensamento corria aleatoriamente, desconexo, quase como um estágio intermediário entre a vigília e um sono com sonhos. Ultimamente isso vinha sendo particularmente agradável.

O celular em seu bolso começou a vibrar – tinha esquecido de tirá-lo de lá, não queria vir com ele. Um pouco contrariado, viu de quem era a ligação e atendeu.

— *Ô, Arthur, como você está?*

— Tudo bem, e o senhor, como está tudo aí, senhor prefeito?

Do outro lado da linha, estava o prefeito de Juticas.

— *Já falei para me chamar só de Chico. Se quiser, "Chico Prefeito". Mas não "Prefeito Chico", que não gosto* – o prefeito completou a frase com uma sonora gargalhada, mas logo continuou:

— Tá complicado aqui, Arthur, tá muito complicado. Ali no Perdigueiro, que é ali, saindo à direita antes da saída para a BR, ali está horrível, é uma dúzia por dia. No mínimo, dez por dia no município. Já bateu 31 num dia só. Sabe o que é isso para uma cidade pequena?

O número de 31, na verdade, era juntando com Pitarra Velha, mas o quadro era mesmo de calamidade.

— Pensou na minha proposta, Arthur?

— Pensei, Sr.... Desculpa, pensei sim, Chico. Mas... vou ser sincero, não mudou nada da última vez que conversamos, não tem como mudar. É eu aceitar e ir à falência. Esses caixões aqui foram muito caros.

Depois de um segundo de silêncio, o prefeito respondeu:

— Eu podia ser filho da puta com você, assinar um papel dizendo que pagava o preço que fosse no futuro, mas a prefeitura não tem dinheiro e ia simplesmente te dar o calote. O preço que te falo é real, que pago na hora, à vista, fundo emergencial, dinheiro está aí para usar. O que eu posso fazer por você é subir em, no máximo, no máximo, uns 20% do que te falei.

Em Juticas, as pessoas simplesmente não tinham dinheiro para enterrar seus mortos, e a prefeitura teve que intervir. Chico Prefeito conhecia o velho Trajano de outros carnavais e ficou sabendo de uma funerária em Floripônia com excesso de caixões. Ligou para lá atrás do antigo conhecido. Foi só então que soube da morte do velho, mas, ainda assim, explicou a situação e fez sua proposta. A nova oferta ainda não fazia diferença, porque o valor que o prefeito oferecia era menos da metade do preço de custo. Diminuía o prejuízo, mas não mudava o quadro. Arthur, porém, teve uma ideia. Não era bem do seu feitio ter ideias de negócio – ele só ia levando –, mas, talvez pela primeira vez na vida, pensou como um administrador.

— Me dá uns dias para pensar, Chico.

— *Eu não tenho dias, Arthur. Simplesmente não tenho. Posso te dar uma hora.*

Arthur suspirou. Uma hora? Queria uns dois dias só para procrastinar... mas o que tinha era uma hora.

— Me liga em uma hora então.

Arthur odiou ter que pensar num momento em que tudo que queria era exatamente o oposto. Deu dois passos na direção do parapeito do canal, apoiou-se, dobrando o corpo para frente, e fixou o olhar no outro lado da rua. Puxou o maço de cigarros do bolso e acendeu um, sem pressa.

Podia tentar negociar seus caixões caros na capital, trocar por mais baratos. Seriam mais, ia dobrar o número de caixões, mais que dobrar, mas diminuía o prejuízo, talvez ficasse até no zero a zero, dependendo do que conseguisse. Juticas precisava mesmo de mais do que ele tinha, até porque as pessoas iam continuar morrendo. Se o prefeito providenciasse o transporte, podia dar certo. Provavelmente, ainda tomaria prejuízo, mas, com sorte, conseguiria aguentar.

A irmã ia reclamar, o cunhado continuaria a olhá-lo com aquele olhar condescendente, e a vida seguiria. Ou podia dar tudo errado, e ele faliria mesmo assim.

A outra opção era ter sorte mesmo e o pessoal de Floripônia começar a morrer.

Nesse momento, olhou para baixo. O nível do rio canalizado estava muito baixo, há tempos não chovia na região. Era só um pequeno fio d'água suja, ladeado por muitos metros de concreto. Próximo da parede do canal, porém, havia uma massa escura que se movia, pulsava, estremecia-se sob seu nariz. Quando passou a prestar atenção nela, pôde ouvir seus guinchos agudos que ecoavam ao longo do canal.

Ratos, um mar deles. Se pudesse olhar mais de perto, perceberia que muitos eram já esqueléticos, cadavéricos, marcados pela fome. A quarentena havia tirado as pessoas das ruas, das padarias, das lanchonetes e dos carrinhos de cachorro-quente. As pilhas de restos que alimentavam esse pequeno exército simplesmente sumiram da noite para o dia. Tudo que restou para esses ratos foi devorar uns aos outros.

Era uma cena assustadora. Os maiores e mais fortes formavam um pequeno grupo e atacavam algum menor, ferido ou mais fraco. Eram desses ratos sendo devorados os guinchos que ouvia. Podia até, eventualmente, ver algum sangue. Imaginou as presas dos ratos vencedores, imaginou a nova geração de ratos que emergiria daquela catástrofe roedora de bíblicas proporções. Um calafrio correu por sua espinha.

Acabou o cigarro, mas quando estava para jogá-lo, lá embaixo, ainda aceso, deteve-se no último segundo. Aqueles ratos, aprisionados na mais fundamental de todas as lutas, não precisavam de fogo e brasa caindo dos céus. O inferno no qual se viam já era tragédia suficiente.

Pegou o telefone e ligou para o Chico Prefeito. Vida que segue. Se havia algo de que não precisava era torcer pela morte.

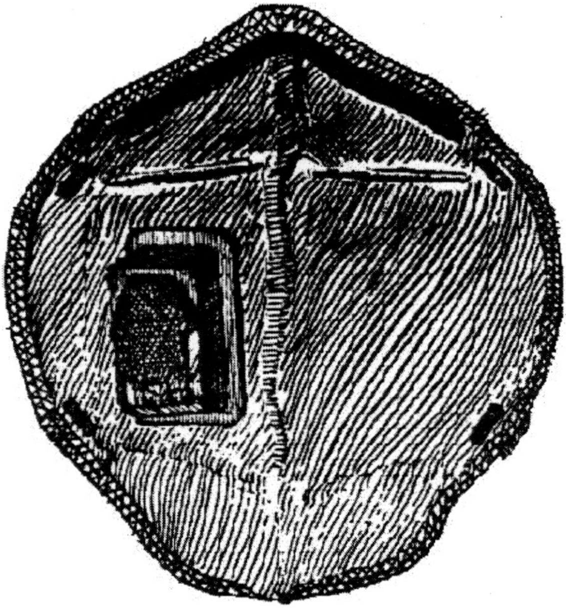

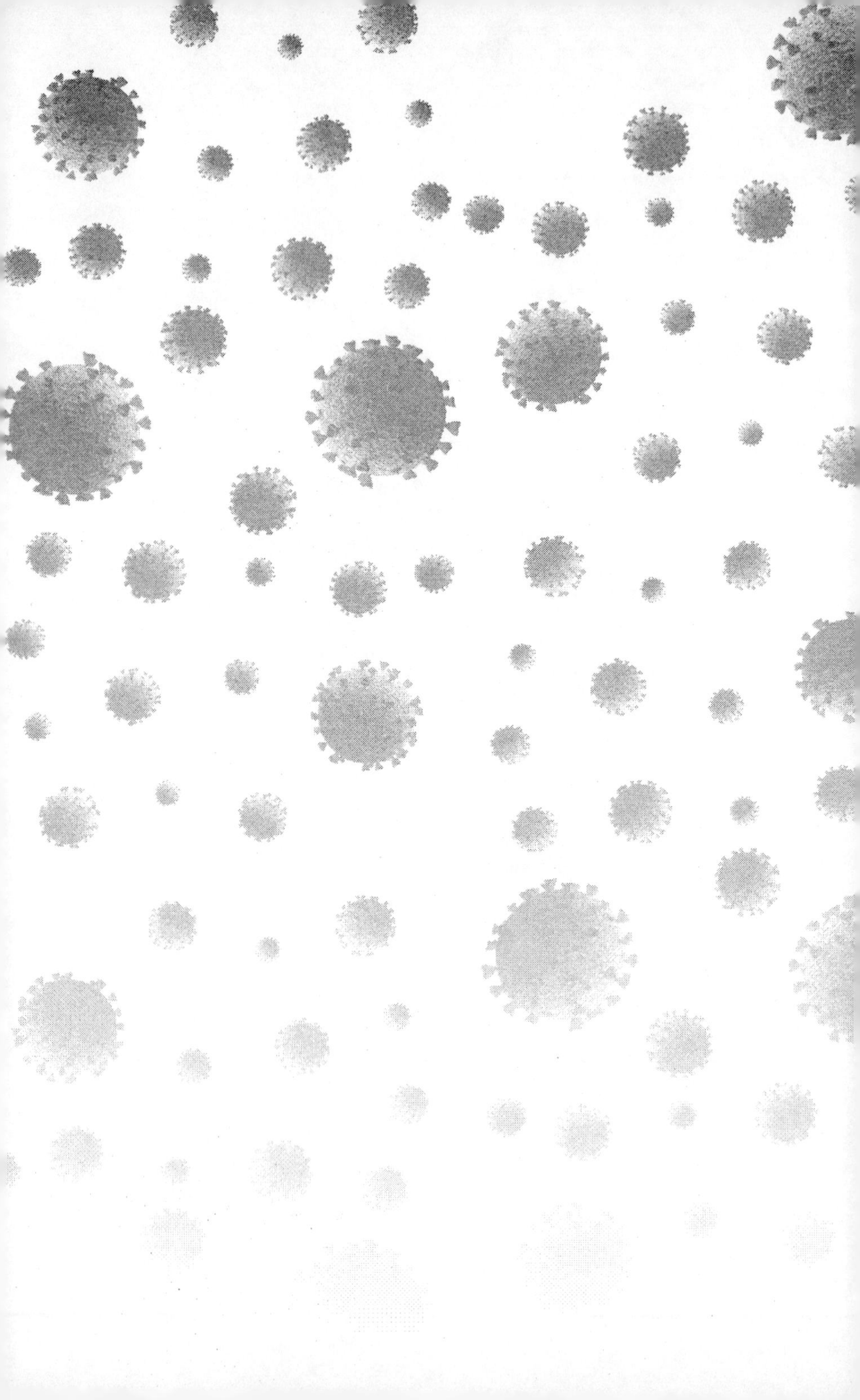

AHAM

A melhor hora de lhe passar qualquer informação era 10 minutos após o início do jantar – isso quando ele não levava o prato para a frente da televisão, coisa que hoje, felizmente, não aconteceu. Nessa hora, a maioria das pequenezas do dia a dia já não estava mais tão viva em sua mente, e podia prestar alguma atenção em seja lá o que ela dissesse.

Mesmo assim, era um processo. A primeira resposta era sempre um "uhum" rápido, quase automático. Era a segunda a mais importante. Se fosse igual à primeira, bum, nada feito, significava que ele estava lá entrincheirado com alguma coisa dominando sua atenção, e dificilmente iria sair desse modo de operação. Se fosse um "aham" mais longo, havia uma esperança de diálogo significativo.

Qualquer outra resposta além dessas era quase um milagre. Uma frase atenciosa, nesta fase, significava que ele havia feito algo muito errado. Isso acontecia, no máximo, uma vez por ano.

Sabia, porém, que iniciar com uma pergunta não era uma boa ideia. Piorava o humor dele instantaneamente.

— Não param de falar desse vírus... em todos os lugares, só postam isso, a TV só fala disso. Até filme de epidemia está passando.

— Uhum.

— Estou achando que é sério mesmo.

Pausa. Ele acaba de engolir, espera um segundo e completa:

— Aaham.

Bom começo. O "aham" não foi curto. Talvez pudesse avançar mais rápido que o planejado.

— Sabe, eu estou realmente preocupada. Acho que vai chegar aqui. Já deve ter chegado aqui.

Um pouco de mastigação, um copo levantado, e, após beber dois goles de água, a resposta:

— Não... não chegou ainda não, o pessoal exagera. Uma hora chega, mas já vai ter passado o pior.

Perfeito, pensou ela. É por aí mesmo que você tem que ir, querido.

— Então, talvez seja o momento de prevenir...

— Ah, sim, sem dúvida. Sem exageros, mas sim, tem razão, é hora de prevenir. Mas esse prefeito burro não vai fazer nada. É um bunda-mole.

— Eu sei, querido, mas estava falando de nós.

Ele largou o garfo e olhou para ela. Agora estava prestando atenção.

— De nós. Nossa família. Tem sua mãe, minha mãe, até meu pai, quase não conta, mas tem ele também. E dona Celestina, temos que pensar nela...

Ele lentamente pegou no garfo, mas não o usou de imediato.

— E o que você sugere?

Ela se levantou, foi até a geladeira e trouxe uma garrafa de suco. Começou a resposta só quando estava prestes a se sentar novamente.

— Bem... eu não tenho certeza. Estou pensando em algumas coisas, mas todas têm perdas. Nós, presos aqui...

Ele bebeu mais um gole antes de responder. Estava, definitivamente, preocupado com o rumo da conversa. Não que ela não soubesse que isso iria acontecer. O importante era acontecer no tempo certo.

— Não acho que vou ficar preso aqui. Não vai chegar nisso.

— Bem, amor... pode chegar. Mas não estou preocupada só com isso, é esse seu vai e vem.

— Eu preciso trabalhar. As contas não param. Esse é meu trabalho.

Ela esperou antes de responder. Permaneceu imóvel até ele olhar para ela.

— Por isso que acho que você deveria ficar fora de casa por um tempo.

Silêncio total. Isso ele não esperava. Largou o garfo, levantou o copo. Padrão normal.

— Tem certeza?

— Claro que não tenho certeza, mas parece o melhor.

— Onde diabos eu ia ficar? Não quer que eu fique na casa do Augusto, ou quer?

— Claro que não. Ele tem a família dele. Isso eu achei que você resolveria.

— É, isso eu resolvo.

Voltou a comer, com pressa. Ele gostou da ideia. Vai ficar em silêncio agora para não mostrar o quanto gostou da ideia. E vai pensar em como fazer.

Ela estava guardando a sobremesa na geladeira quando ele tocou na sua cintura.

— Eu posso alugar um lugar, essas coisas de internet, que a pessoa aluga uma casa. É barato. Ou talvez eu consiga um hotel, mas não pode ser aqui no centro, que sairia muito caro. Tem que ser longe. Pode durar uns três meses.

De costas para ele, ela sorriu enquanto fechava a porta com cuidado.

— Três meses, será que é tanto assim?

— Ué, é o que dizem por aí, três ou quatro meses.

— Ai, ai... tanto tempo assim eu não sei se aguento...

Ele ficou em silêncio, apertou-lhe a cintura outra vez.

— Eu sei que vai ser ruim, mas... você tem razão, acho que é o melhor a fazer mesmo.

Ela torceu os lábios e foi para a sala, com a cara amarrada. Ele a seguiu poucos segundos depois. Quando a alcançou, ela cedeu, antes que ele pudesse falar qualquer coisa.

— Sim, tem razão. Eu tenho razão. É o melhor a fazer. Tenho que aguentar aqui, três meses, quatro meses. Sei lá...

— No fim, vai passar rápido, você vai ver.

Ela suspirou, pegou na mão dele e disse, olhando-o nos olhos:

— Não, não vai, mas tudo bem.

Um dia depois, ele já havia reunido tudo de

que precisava. Beijou-a no rosto, segurou seus ombros o mais tempo que pôde e, finalmente, desceu as escadas com uma mão no corrimão e a outra puxando a mala, que caía de degrau para degrau.

Ela ouvia o barulho repetitivo, cada vez mais longe, enquanto tomava um gole de café. Apoiou a xícara no pires e, apertando os lábios com raiva, disse para si mesma:

— Vamos ver quanto tempo aquela vagabunda aguenta agora.

O ENTE

Meia dúzia de carros entre ele e o semáforo. A pequena luz vermelha, por mais gritante que tente ser, funciona como uma espécie de calmante, para ele e para os demais nessa direção do mundo. Toda a longa fila fica em *stand by,* com um sólido nada a permear tudo, e o tempo passando escondido, esgueirando-se pelas esquinas, enquanto as pessoas presas nos carros se distraem com o que quer que cruze seu campo de visão.

É um ócio confortável. Como ele não está com pressa (e quem está com pressa na quarentena eterna?), a luz vermelha lhe faz bem. A cor é um pouco gritante, é verdade. Mas é como uma minúscula agulha dando-lhe uma ainda mais minúscula picada em algum ponto pouco sensível de seu corpo. Serve apenas para explicitar o vazio sensível que agasalha e acaricia todo o resto de sua pele.

E ele está desfrutando esse momento que o mundo, tão generosamente, lhe dá, sem precisar perguntar a si mesmo se merece tal momento, laboriosamente arrancado de um infinito oceano de possibilidades, fruto de trilhões e trilhões de probabilidades numa cadeia incontável de instantes entrelaçados, multiplicando-se e multiplicando-se… Infinitas probabilidades borbulhando, exalando do multiverso do possível, até algum deus do acaso mergulhar seus dedos desleixados nesse caldeirão impensável, e dele retirar esse momento particular em que estão lá o motorista e sua luz vermelha, que embala seu confortável sono acordado. O deus do acaso sorri seu usual sorriso preguiçoso, fitando o pequeno momento delicadamente preso entre seus dedos. Com um sopro gentil, ele devolve o pequeno momento ao borbulhar do tempo, talvez um infinitésimo ainda mais único do que era até então.

E então ele a vê. Vê a forma humana vacilante que se aproxima dos carros, com, numa das mãos, o cartaz de papelão que traz uma mensagem curta e clara: “Tenho fome, me ajuda pelo amor de Deus”. Não é o primeiro cartaz desses que ele vê, e não é mesmo isso que atrai sua atenção. Seu olhar vai para a figura que o carrega, a roupa suja, a pele de uma cor que, se fosse dele, ele não saberia definir. Os cabelos são pretos, encaracolados, insistentemente densos. Está longe o suficiente para não ser possível ver outros detalhes. Longe o suficiente para fazer parte da paisagem urbana. Longe o suficiente para não perturbar o vazio agradável do sinal vermelho.

Mas o ser vivo se aproxima um pouco, agora parando ao lado do segundo carro da fila. Sem nem ao menos perceber, ele estava torcendo para o ser ficar lá, ao lado daquele carro que ele não consegue ver, só supor que ocupa algum espaço na sequência. Mas não, o ser mal parou, seguiu adiante, e o avançar do bípede claudicante finalmente perturbou a sua paz semafórica.

Agora ele já pode ver a criatura articular alguma palavra para o motorista alguns carros à frente. Já consegue desenhar a cena na sua cabeça, já consegue imaginar o corpo em pé ao lado de seu vidro fechado, já pode começar a decidir entre manter-se imóvel, pétreo, obstinadamente ignorando o corpo e a mão estendidos ao seu lado, e erguer os ombros, mostrando as próprias mãos vazias que dizem "não tenho trocado". Sem pensar, ele coloca de volta a máscara que havia tirado três ou quatro semáforos atrás. Sob a máscara, é mais fácil se tornar estátua. E uma estátua mascarada é mais eloquente, mais eficiente em fazer um ser vivo pedinte seguir seu caminho até o próximo motorista.

Mas o ente ainda não o alcançou, ainda segue em seu arrastado trajeto, parando ao lado da janela de cada carro, estendendo sua mão horripilantemente suja. Quem, numa época dessas, quem, meu bom deus, iria abrir sua janela e correr o risco de tocar numa mão como aquela? Onde andou aquela mão? Quantos vírus e bactérias e moléculas e germes e vermes de sujeira não infectam aquela mão? Mesmo que o vírus não exista, mesmo que seja tudo uma grande conspiração, mesmo assim, quem correria o risco de se contaminar com tudo o que traz uma mão daquelas? Porque toda mão tem uma história. Uma mão como aquela carrega sua história para aonde quer que ela vá. Carrega seus vírus e suas bactérias e suas moléculas e seus germes e seus vermes. E este vírus, esta pandemia infinita, ao menos algo de bom nos ensinou: que devemos nos proteger das mãos estendidas e de suas histórias.

O ser segue seu percurso; agora, são só dois carros entre ele e aquela figura infeliz. No caminho, a figura passa a mão no rosto. Agora, é possível vê-la piscar os olhos, o que faz com insistência. Por que pisca tanto? A coisa chega a esfregar os olhos com as duas mãos, precisa conter o passo para poder coordenar os movimentos. Quando, finalmente, tira as mãos da frente da face, é possível ver sua boca entreaberta mostrando parte dos dentes. Para sua surpresa, eram dentes quase brancos, fortes, quase desafiadores, inexplicavelmente coesos dentro de uma boca que, no mais, era aterradora, de lábios inchados, ainda que de alguma forma inchados para dentro, parecendo ao mesmo tempo sorrir e rosnar. Teve um arrepio ao tentar imaginar o hálito que dali exalava, no que levou, instintivamente, o dedo ao botão que fechava o vidro. O movimento, claro, foi inútil, pois o vidro já estava hermeticamente fechado, como travadas estavam as portas, exatamente o que seus dedos confirmaram logo em seguida.

O pequeno incidente o irritou e o fez ter raiva do ser e de sua boca aterrorizante. A paz que desfrutava quinze segundos atrás lhe fazia falta, e percebeu como ansiava pelo próximo sinal vermelho. Por que a criatura maldita tinha que estar ali, naquele sinal, naquela hora? De tantos lugares, de tantas esquinas, por que justo aquela? Fixou o olhar na criatura, sentiu a raiva ebulir num crescendo que talvez fosse culminar num rugido, mas ao vê-la dar o próximo passo, frágil e cambaleante, já vindo em direção ao carro logo à frente do seu, teve uma ponta de remorso, um acesso de piedade, de pura pena pela forma de vida lá fora, implorando alguma ajuda. Notou que ninguém havia se aventurado a abrir o vidro – e tinha certeza de que ninguém abriria. Lembrou-se do conteúdo de sua carteira, mas sabia que lá havia apenas duas notas de cinquenta. Era um pouco demais, também não ganhava tanto assim para dar cinquenta reais para alguém na rua.

Agora podia ver bem seu rosto. Era um pouco assustador, mas era capaz de, com esforço, imaginar alguém com uma vida normal apesar daquele rosto. Não era tão fácil, provavelmente não conseguiria pensar em alguém assim ter algo diferente de um trabalho braçal dos mais baixos, mas ainda assim seria melhor do que aquela vida desgraçada vendo vidros fechados e pessoas de máscara. Pelo menos, pensou sem saber o porquê da conexão, deveria ser melhor ver alguém de máscara do que ver alguém comendo dentro de um carro. Deve ser horrível estar com fome e ver alguém comer por trás de um vidro. Como alguém pode chegar naquele ponto, como alguém pode chegar tão baixo? Será que por uma série de infortúnios? Ou será que era alguém tão, tão... tão sei lá o que, mas tanto que, de fato, *merecia isso?* Mas como alguém pode merecer *isso?* O que será que leva alguém a descer tão fundo? Porque era... era tão fundo, era tão gritantemente fundo! Olhando a criatura que agora, finalmente, desistira do carro à frente e se voltava para ele, não podia pensar em outra coisa a não ser que aquilo era o mais fundo, o mais baixo, o mais subterrâneo, o mais próximo do esgoto que se podia chegar. Sua compaixão existia, era real, não sabia de onde ela tinha surgido, ficou surpreso até, mas não era uma compaixão completamente humana, porque não conseguia se sentir igual ao que via lá fora. O pensamento o assaltava... Que junção de destino, acaso, escolhas e personalidade, que mistura de raros acertos, repetidos erros e múltiplas psicopatias podiam produzir aquele *homo erectus* que se aproximava, titubeante, olhando suplicante para seu rosto sob a máscara?

Não... não era suplicante. Era interrogativo apenas. O olhar dizia apenas "eu sou isso aqui, tu és isso aí". E o cartaz dizia e a mão pedia. Era isso. Qual história acaba nisso? Sua mente corria a divagar mais e mais, tentando mergulhar nos insondáveis mistérios da vida que produziriam um drama daqueles, e quem sabe aonde seu pensamento chegaria se, finalmente, a luz vermelha não tivesse apagado e surgido a esfuziante luz verde, fazendo mover-se toda a fila de carros. O avançar dos automóveis atraiu seu olhar, interrompeu seu raciocínio, roubou sua atenção, capturou de volta sua vida, convidando-o para a próxima luz vermelha, que desfrutaria, dessa vez, em sua totalidade, cada segundo crucial na manutenção de sua sanidade urbana.

E assim, não mais do que três segundos após o homem dentro da máquina chegar alguns milímetros mais perto de compreender algo da trama daquela tragédia humana que mancava sobre o asfalto, seu carro passou ao lado da mulher pedindo esmolas (sim, era uma mulher), marcando o final daquele pequeno momento para o qual um deusinho qualquer do acaso chegou a olhar com alguma atenção. Mais um infinitésimo, mais uma pequena lasca de fortuna, quem sabe qual curva improvável aquelas vidas poderiam fazer, se um vírus seria transmitido ou de dentro para fora ou de fora para dentro daquele carro. Se uma nota improvável de cinquenta reais faria uma noite ser melhor, ou até muito pior, se um olhar assustador faria aquele homem mudar sua vida, querendo, a partir dali, acabar com todos os olhares assustadores, se uma frase infeliz faria uma faca velha e enferrujada ser estocada carro adentro... Mas não, o pequeno e fútil deus do acaso foi preguiçoso, e tudo não passou de um quase evento.

Ele seguiu em busca de seu próximo sinal vermelho, e ela voltou, caminhando, quase sem mancar, para o ponto de onde partia a fila de carros. Ambos exigiam esforço demais do destino.

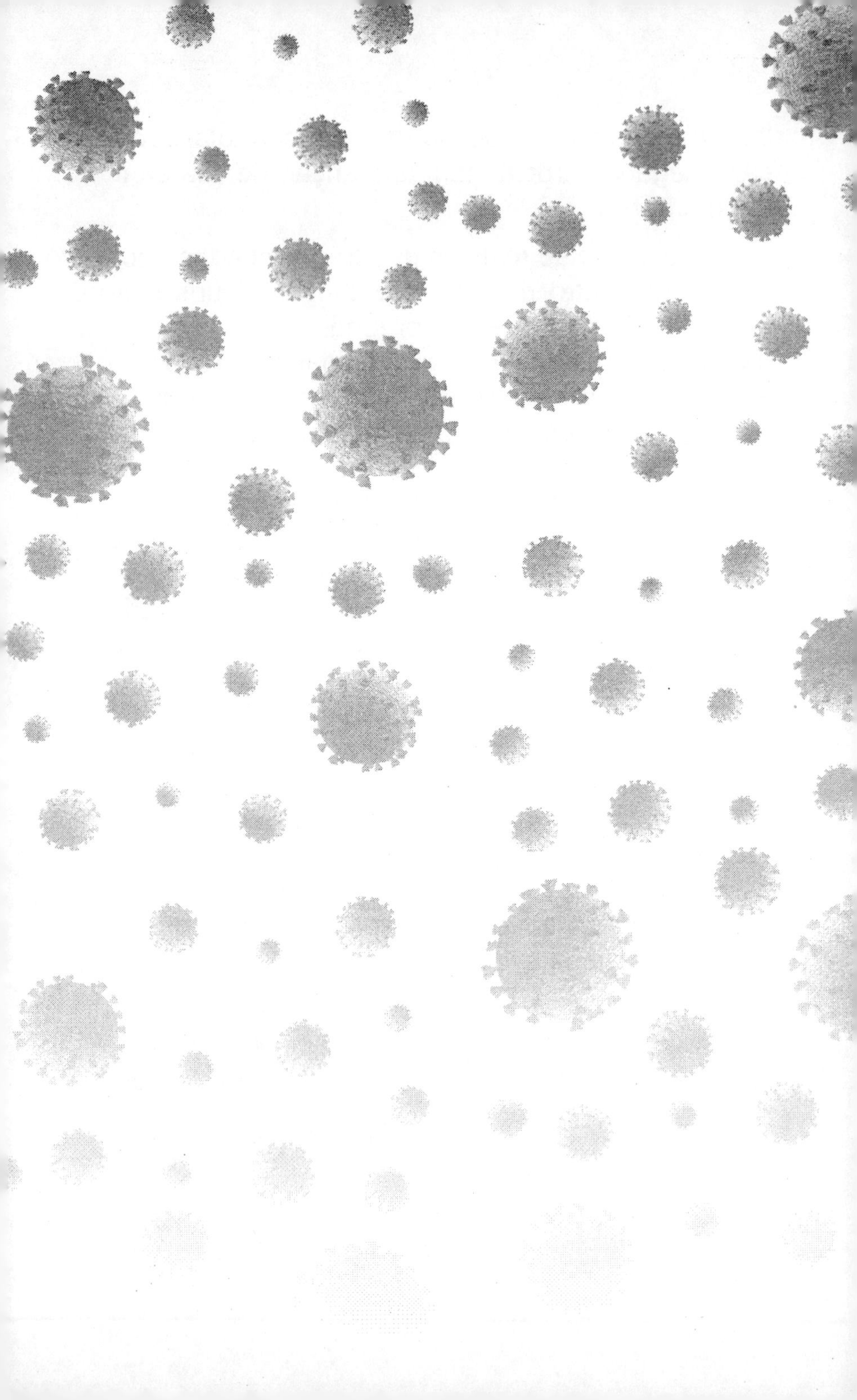

VECTOR: ALFA ALFA NOVE CINCO UNO

(controlador de voo literário: Cmdt. Claudio Alves)

O piloto estava exausto. Havia feito a mesma pergunta dezenas de vezes. Era exasperador, simplesmente não sentia nenhuma confiança nas respostas que havia recebido nos últimos dois dias.

— Estamos conversando faz quinze minutos, e eu ainda não ouvi nada de efetivo. Tudo bem, entendi todas suas considerações, mas você pode responder ao menos alguma coisa de forma objetiva? Pode responder como posso ter certeza de que meu avião não vai transportar ninguém infectado?

A voz no telefone, como de costume, respondeu sem permitir que transcorresse um segundo sequer de silêncio:

— *Estamos seguindo todas as normas internacionais e todas as recomendações de segu-*

rança que recebemos, tanto da OMS como do ministério local, como disse no começo, e, em nossa conversa de ontem, inclusive. Também, como já enfatizei outras vezes, a empresa vai fazer tudo que puder para garantir a sua segurança, a segurança de toda a tripulação e dos passageiros.

Era como falar com uma parede. Pensou em perguntar, pela vigésima vez, “quais ações concretas serão tomadas”, mas apenas fechou os olhos, finalmente desistindo. Disse qualquer coisa para encerrar a conversa e desligou o telefone.

Ainda era muito cedo para ir para o aeroporto. Sem dúvida o resto da tripulação estaria, na melhor das hipóteses, acordando agora. Pegou sua pequena mala, desceu ao *hall*, fez rapidamente seu *checkout,* passou pela frente do restaurante, que ainda estava fechado – abriria para o café da manhã em 10 minutos. Perguntou a um funcionário se poderia entrar antes, apenas para comer qualquer coisa que estivesse já disponível. Pôde entrar, comeu algumas frutas e um pouco de cereal e, em poucos minutos, estava em um táxi, em direção ao aeroporto.

Sentado no táxi, enviou uma mensagem ao seu copiloto, avisando que já estava a caminho. Recebeu de volta um “???????”, ao que não soube como responder. Fechou os olhos, imaginando todas as conversas difíceis que teria ao longo do dia. Provavelmente seriam apenas outras paredes nas quais iria bater com a cabeça.

Foi exatamente o que aconteceu. Sua visita à direção do aeroporto foi curta e quase inútil. De lá, dirigiu-se, menos contrariado do que imaginava, ao portão de embarque. Essa resignação com o insucesso subitamente o incomodou, como uma pontada no peito. Parou de caminhar, olhou para baixo, balançando a cabeça, e, como se tivesse convencido a si mesmo de algo, continuou. Era cedo, e a aeronave ainda não deveria ter aterrissado. Encontrou um funcionário da companhia nas proximidades, que não deixou de estranhar vê-lo lá, sozinho, naquele horário.

— Bom dia, eu sou o comandante do AA 951, eu quero conversar com todos os que estiverem participando do embarque, ok?

— Bom dia, comandante... Claro, claro. Humm... Eu, eu não vou participar desse embarque, eu estava no AA 142 e estou encerrando meu turno. Mas, sim, eu aviso meus colegas...

— Obrigado... – ele alongou o final da palavra, em uma deixa para que o outro dissesse seu nome.

— Alex.

— Obrigado, Alex – disse estendendo a mão. Assim que iniciou o movimento, se deu conta do que estava fazendo e hesitou momentaneamente, mas o rapaz, ainda processando as primeiras informações sobre a pandemia, que parecia estar longe, do outro lado do planeta, não percebeu o pequeno impasse.

— Fabiano – completou ele, enquanto ainda apertavam as mãos.

Uma hora depois, ele já havia falado com todos envolvidos no embarque. Conversou com a tripulação que trouxe a aeronave, conversou com os funcionários que fariam a higienização do avião. Fez tudo que pôde, temendo que isso não significasse quase absolutamente nada.

Sentado na cabine de comando, levantou sempre que foi possível para ver a entrada dos passageiros. Enfatizou, repetidas vezes, os cuidados para a tripulação, que o olhava com manifesta estranheza. Sabia que continuava batendo contra a parede.

— Centro Amazônico, aqui é o alfa alfa nove cinco uno, nível de voo 390, entrando em espaço aéreo brasileiro, transfere.

Olhou para o lado para conferir o grau de atenção de seu copiloto, que estava tão alerta como deveria normalmente estar.

— Algumas formações daqui a uma hora e meia, mas agora é um voo tranquilo até o pouso.

— Maravilha. Eu vou descansar uns minutos, uma hora talvez... Me acorda qualquer coisa?

— Não se preocupe, mas... consegue cochilar com esse sol infernal direto no rosto? Mais uma hora e meia, e ele estará mais alto...

— Não, não, prefiro descansar agora. Aí, acordo quando chegarmos nas formações mais pesadas.

O comandante mal havia baixado o quepe sobre os olhos – estava realmente cansado –, quando alguém bateu à porta da cabine de comando. Era a chefe de cabine.

— Comandante, um passageiro, ele... ele realmente está doente. Mudou completamente, piorou muito. Parece bem pior agora, pelo menos. Agora que acordou, está com muita febre, e o passageiro ao lado disse que ele tossiu muito nessas últimas horas. São bem aqueles sintomas lá que nos passaram.

— Que eu passei. Como assim pior?

A mulher enrubesceu, desviando o olhar para baixo antes de continuar.

— Parece que ele estava só tossindo um pouco quando entrou. Eu não o vi entrar, quem o viu mencionou só depois...

Ele mal ouviu o resto da explicação. Estava com os olhos ardendo de sono, dizendo-se “eu sabia" infinitas vezes em sua cabeça. Dizia para si mesmo que não podia confiar nos outros, que não poderia ter confiado em ninguém, na companhia aérea, nas inspeções sanitárias, em ninguém, absolutamente ninguém. Estava ainda perdido em suas divagações quando a tripulante acabou seu relato, que, por sua falta de atenção, não foi capaz de absorver por completo. Precisou pensar por um segundo ou dois e, então, perguntou:

— O médico a bordo, você falou que tem um, correto?

— Sim, uma médica. Quer falar com ela?

O comandante se levantou de imediato, deixando clara sua resposta. "Ela queria mesmo falar com você", ele a ouviu falar, enquanto fechava a porta atrás de si. Seguiu a chefe de cabine, tentando não responsabilizar ninguém; pelo menos não agora. Sabia que, depois, teria todo o tempo do mundo para culpar os outros, e esse não deixava de ser um pensamento bastante reconfortante.

Mal percebeu o caminho que fez até encontrar a médica. Despertou de mais um lapso de foco quando a viu a uns dez passos de distância. Ela estava parada ao lado do passageiro, com uma expressão calma, mas absolutamente vazia. Seu nível de preocupação triplicou assim que percebeu esse detalhe.

Tão logo parou, estendeu a mão para cumprimentá-la. Ela o olhou com um sorriso um pouco constrangido, saudou-o erguendo uma das mãos sem muita cerimônia e lembrou que era melhor todos se cumprimentarem sem se tocar.

Ele concordou, quase envergonhado e incomodado com a própria falta de atenção.

— Como ele está? – Perguntou, ainda sem olhar para o passageiro.

— Febril, com tosse e respiração curta. Quadro típico, segundo o que li, porque ainda não tinha visto nenhum doente de perto. Não deveria ter embarcado. A evolução não pode ser tão rápida... Ele já devia estar bastante sintomático quando embarcamos.

Aquelas palavras doeram em seus ouvidos. Quis responder “eu tentei”, mas seria demasiado inútil, tão inútil ao ponto de tornar-se patético. O pior tipo de inútil.

— Devemos pousar em mais ou menos 4 horas. Ele pode piorar nesse intervalo?

— Não sei, é possível. Pode acontecer qualquer coisa, para ser sincera.

— Se achar que devo desviar a rota e antecipar o pouso, deve me avisar o quanto antes.

Afirmou isso já pensando em uma possível justificativa para alterar a rota. A mulher mordeu o lábio inferior antes de responder.

— É claro que, quanto antes ele for para um ambiente hospitalar, melhor. Não acho que esteja correndo risco de vida no momento, longe disso, mas... bem, para começar eu não posso confirmar o que é, ainda que os sintomas batam, precisamente, com a covid-19. Não sou especialista, sou anestesista... De qualquer jeito, acho que é novidade para qualquer um.

— Repito, você precisa me avisar o quanto antes. Muito obrigado por tudo que já fez.

Fez menção de voltar-se e retornar para a cabine, mas a médica o segurou pelo ombro. Esperou que ele a olhasse diretamente e retribuiu o olhar com a mesma expressão vazia que tinha quando ele chegou.

— Tem algo que você precisa considerar...

Ele soube de imediato o que ela iria falar. Era o assunto que ocupava sua mente nos últimos dias. Mas ouvi-lo da boca de outra pessoa mudava a situação, tornava-o real, eliminava uma última esperança, irracional talvez, de que todas as suas preocupações e angústias eram apenas uma irrealidade esquizofrênica e não faziam parte do mundo concreto.

Demorou um ou dois segundos para permitir-se ter aquela conversa. Deu um passo para trás, como se quisesse olhar melhor para a médica. Nada vinha sem esforço.

Ela percebeu sua hesitação e, julgando que ele talvez não estivesse consciente do problema, falou da maneira mais direta que pôde:

— Temos que assumir que estamos trazendo um infectado de uma nova possível pandemia. Podemos estar todos infectados neste exato momento. Podemos ser todos vetores.

Nesse momento, ela olhou para a tela que havia no início do corredor, mostrando o mapa de voo. Apontou para ele quando disse:

— Esse avião pode ser um vetor.

Ele levou a mão ao rosto, contendo uma estranha e repentina vontade de bocejar. Sim, sabia muito bem que aquele avião era um vetor. Foi nisso que pensara a noite toda. Realmente, ouvir aquilo de outra pessoa era estranho, como se alguém tivesse lhe roubado um pensamento, o último que queria que alguém roubasse. Sua mente já começava a perder-se em reviravoltas quando reagrupou as ideias com firmeza. Precisou conter, mais uma vez, a pulsão de culpar algo ou alguém, assim como um súbito desejo de estar longe dali, longe de tudo. Estava lá, com o problema no seu colo, e pouco importava de quem era a culpa, era o que estava dizendo para si próprio, tentando seguir um procedimento imaginário que ia sendo criado junto com o desenrolar dos acontecimentos.

Esses segundos que, às vezes, precisava para não permitir perder-se em devaneios lhe davam a chance de racionalizar a situação, de colocar em pensamentos conexos – em palavras até – as ações e decisões que poderia tomar de maneira mais espontânea. *Resolve*, gritou para si mesmo, em seu recém-criado protocolo de crise, tentando, o mais que podia, não se tornar passageiro da situação. Custava esforço, dava a tudo uma impressão um tanto falsa, dava uma cara de teatro barato para a realidade. Mas, de um jeito ou de outro, funcionava, impedia que as situações fugissem completamente de seu controle e que ele depois lamentasse qualquer omissão ou apatia frente a qualquer circunstância.

Olhando firme para a mulher à sua frente, respirou fundo e se acalmou. Tinha que agradecer por ter alguém por perto que fazia parte da solução, não do problema. Respirou fundo mais uma vez e perguntou à médica:

— Tem algo a mais que eu precise saber?

Ela balançou a cabeça, olhando momentaneamente para o lado.

— Sem dúvida, muitas coisas, mas o problema é que eu não sei quais são – ela disse, rindo pela primeira vez. Era uma mulher atraente, mesmo que parecesse tentar esconder esse fato.

— Tem alguém para quem você possa perguntar? – Ele retorquiu, tentando ignorar a imagem dela sorrindo, esforçando-se para não sorrir também.

Ela não entendeu a princípio.

— Como assim?... Não, aqui no avião... Você diz, fora, em algum lugar? Sim, existem pessoas, mas como posso falar com elas?

— Como quiser falar, por telefone ou por internet... Aqui, temos sinal de satélite. Peça para qualquer comissário e diga que eu estou lhe dando todo o acesso que quiser. E, quando quiser falar comigo, vá direto até a cabine, não precisa perguntar para nenhum tripulante. Entendeu, é só ir lá e bater. Agora, preciso voltar lá para frente.

A mulher acenou com a cabeça de maneira afirmativa, enquanto ele tomava o caminho de volta à cabine de comando; desta vez, sem que ela o impedisse. Alguns passageiros chegaram a levantar o olhar com um pouco de curiosidade, que durou só o tempo em que o piloto estava em seu campo de visão.

Entrou na cabine, bateu a porta atrás de si e se sentou em seu lugar, enxugando o suor com uma das mãos.

— O que foi? – perguntou o copiloto.

— Tem um passageiro doente, com febre e, pelo visto, todos os sintomas. Só pode ser o negócio.

— Negócio?

— É, o que mais? O vírus! Esse negócio de que todos falam. O que mais seria? Quer o nome científico? Coronavírus alguma coisa!

Após um segundo de silêncio, exclamou com ainda mais raiva:

— Merda! Merda!

Ergueu a mão para bater em alguma coisa, mas se conteve. O copiloto tentou acalmá-lo, assumindo, inclusive, um tom mais profissional.

— Comandante, calma, isso é normal, isso ia acontecer com alguém, e vai acontecer com todo mundo, na verdade.

— Eu não queria que acontecesse *comigo*. Não interessam os outros. Não quero trazer essa maldita praga para cá...

— Mas... – o copiloto se esforçava para entender – comandante, será... será tão grave assim? Isso não afeta só pessoas de mais idade? Não é como uma gripe? É tão sério?

— Ninguém sabe, isso é que é. As notícias são todas desencontradas. Primeiro, não era nada; agora, alguns lugares fecham fronteiras. Médicos que falaram da doença foram presos. Como que alguém pode achar que não é nada? E quando essa maldita companhia fala que eu não tenho com o que me preocupar, nessa hora eu sei que tem um problema.

— Mas...

Ele ergueu o braço na direção do colega, a mão aberta, mostrando a palma, enquanto virava a face para o lado, num sinal claro de quem não queria ouvir. De repente, ergueu-se de novo e saiu, quase correndo.

Dentro da cabine, o copiloto ficou só com seus pensamentos. *Se achava que era tão sério, não deveria nem ter decolado, pensou consigo mesmo.*

Não viu a médica no lugar em que ela estava antes. Tentou procurá-la, mas eram muito rostos diferentes, e pouca luz na cabine. Dirigiu-se até o fundo do avião, em busca da tripulação. Encontrou-a lá, conversando com todos os comissários.

Sua chegada fez com que todos ficassem em silêncio. Saudou o grupo com um monossílabo um tanto sem jeito e cruzou o olhar com aquela a quem buscava. Ela disse de imediato:

— Diga, comandante.

Ele fez um leve sinal com a cabeça, enquanto dizia, sem muita ênfase, a palavra "doutora", já virando o corpo em direção ao corredor. Ela se manteve e parada e disse:

— Não podemos incluir o resto da tripulação na conversa?

Ele lhe lançou um olhar direto. Agora, falou com firmeza:

— Eu sei quando e o que discutir com a tripulação. Agora, eu gostaria de conversar com a senhora apenas. Pode me acompanhar?

Ele se virou assim que encerrou a frase e caminhou até a próxima divisão de setores do avião, de propósito, se privando de assistir ao constrangimento que sua fala sem dúvida causaria. Locomoveu-se rapidamente e, ao parar, imaginou que a médica estaria ainda na metade do caminho. Mas, para sua surpresa, ela o acompanhou de perto, e, quando se virou, a viu parar e fitá-lo no rosto.

— Sim – ela disse, sem qualquer sinal de constrangimento ou incômodo.

Ele sorriu com o canto da boca, surpreso com o desembaraço e o aparente senso prático da anestesista.

— Acha que seria útil isolar aquele passageiro? Útil e... seria possível?

Ela também sorriu, não por surpresa, porém.

— Era exatamente sobre isso que eu estava falando com a tripulação.

Ele entendeu o sorriso de sua interlocutora. Inspirou e, após revirar os olhos, tocou seu braço direito e disse:

— Escute, eu nem perguntei seu nome... eu... sou o Comandante Fabiano.

— Comandante Fabiano? – ela perguntou – É diferente, mas é um belo nome – completou, sem esconder um sarcasmo amigável.

Ele revirou os olhos, riu um riso entrecortado, levando uma das mãos ao rosto.

— Ah, o que posso fazer, é... é assim que funciona. A relação com a tripulação... é melhor que seja profissional. Eu, pelo menos, prefiro assim. Fica tudo mais fácil. Mas não teria problema você me chamar pelo nome, claro que não. Mas, entenda... tem uma hierarquia aqui. Ela precisa existir. Se acontece algo, a responsabilidade é minha. Não é uma democracia voadora.

Ele fez silêncio, mas ela não disse nada. Tinha uma expressão tranquila, diferente da expressão vazia de antes. Ele continuou, como ela parecia mesmo esperar.

— Bem, eu tenho que te agradecer por ajudar... e você ainda não me disse seu nome.

— Doutora Anne. Eu também tenho um nome composto.

Ele não pôde deixar de rir. Levou as duas mãos à cabeça, apertou os olhos, e tentou retornar ao ponto que queria.

— Muito bem, Doutora Anne. Obrigado, obrigado mesmo por tudo. Mas, vamos lá, diga-me, seria útil isolar o paciente?

Ela deixou de sorrir e mudou um pouco o ângulo da cabeça, não o olhando agora de maneira tão direta como antes.

— Sim, seria. Ele deveria ficar em uma fileira só para ele e não ter ninguém à sua frente. Pelo menos isso.

— E um assento da primeira classe? As distâncias entre os passageiros são maiores.

— Eu precisaria olhar...

— Vamos – disse ele, sem perder tempo.

Havia alguns lugares vazios na primeira classe, e um deles parecia mesmo bem isolado. Ele a olhou com uma interrogação expressa no rosto, mas já esperando uma resposta positiva.

— Realmente, tem muito mais espaço... sem dúvida, é melhor aqui.

Ela olhou em redor mais uma vez, prestando agora atenção aos detalhes. Murmurou mais um "realmente" para si mesma, pestanejou uma ou duas vezes, voltou o olhar para o comandante e repetiu:

— Sim, aqui.

— Ótimo, vou pedir para a tripulação auxiliar na vinda dele para cá. O que mais devemos fazer?

Ela olhou em redor, emitindo um som de "hummmm" com a boca fechada, enquanto refletia.

— Eu acho que sei o que fazer, mas eu vou, durante...

Ele a interrompeu, percebendo uma dose de hesitação:

— Não preciso saber os detalhes. Faça o que achar melhor. Vou instruir a tripulação para seguir suas instruções. Se houver alguma questão, eles me consultam... e, como disse antes, você pode me consultar quando quiser.

Ele percebeu uma dose de dúvida persistindo na expressão da médica.

— Você conseguiu se comunicar com quem queria?

— Não, ainda não, – ela respondeu – mas as aerom... as comissárias já me explicaram o que fazer. Não se preocupe. Mas, comandante...

Ela fez uma longa pausa, com um óbvio desconforto. Disse, afinal:

— O que você quer fazer com tudo isso? O que espera conseguir? O que acha que pode mudar?

Ele a olhou fixamente.

— Nós temos um problema, não temos? Você mesma disse que esse avião pode ser um vetor.

— Sim, eu disse, mas... agora que penso na situação como um todo...

— O diagnóstico está feito, doutora. Eu não vou sentar e assistir, para lamentar depois. Eu faço alguma coisa.

Dito isso, voltou para a cabine um pouco mais calmo do que saiu. No caminho, repetiu para si mesmo *"comandante Fabiano"*, sem nem ao menos perceber o que fazia. Seu copiloto o aguardava, esperando alguma informação.

— Temos combustível para voltar? – perguntou de chofre.

— Voltar? Por quê? Acho que não, o vento não está ajudando... por que iríamos voltar?

— Porque eu não quero trazer esta merda de vírus para o MEU país, entendeu? Eu nasci aqui, lá embaixo, em algum lugar lá embaixo...

O outro ficou em silêncio por um tempo, pesando, com calma, suas próximas palavras.

— Mas, você sabe, já conversamos isso, é impossível saber, todo mundo vai acabar levando vírus para todos os lugares. Não é culpa nossa.

— Para o inferno com essa conversa mole. Todo mundo gosta de dizer que não pode fazer nada. Todo mundo gosta de se lamentar, ninguém gosta de fazer nada quanto aos problemas. Bando de cagões, covardes.

Fez um gesto abrupto em direção ao manche, mas se conteve no último segundo. Segurou-o com um cuidado tenso, garantindo que não faria nenhum movimento brusco, e o apertou com força, rangendo os dentes. À sua frente, desenrolava-se o enorme tapete amazônico, como um oceano se perdendo de vista. De alguma forma parecia ainda mais vasto do que um oceano, era como se aquela textura viva dissesse, para quem a olha de cima, que poderia avançar ao infinito, se assim quisesse. Ao longe, o horizonte marcava a fronteira entre o azul e o verde, e nessa linha fugidia ele centrou sua atenção tensa.

Era nesse estado que estava quando seu copiloto começou a rir de repente.

— De que porra você está rindo?

— "Todo mundo quer ir para o céu, mas ninguém quer morrer", lembrei disso agora, é o título de uma música.

Riu também, jogando a cabeça para trás. Após alguns segundos, ainda recuperando um pouco o fôlego, virou para seu copiloto com um sorriso irônico.

— Quer ir para o céu?

O outro era só um pouco mais jovem que ele, mas aparentava ter dez ou quinze anos a menos do que de fato tinha. Não parecia ser má pessoa.

— Acha que está tão ruim assim?

— Não tenho a menor ideia.

— Não quero ir para o céu e nem quero morrer. Mas não entendi até agora o que você está fazendo. Se quiser me explicar, ajuda.

O piloto respirou fundo. Explicar qualquer coisa é sempre difícil. Mas não demonstrou nenhuma dúvida.

— Em quantos aeroportos no Brasil você aterrissou, além de Guarulhos?

— Pilotando? Pilotando, só em Guarulhos. Como passageiro, no Rio, no menor, acho, e algum no Nordeste... For.. Fortre...

— Fortaleza.

— Isso, Fortaleza.

—Você olhou em volta quando estava descendo ou subindo? Lembra de como é a aproximação em Guarulhos? O que tem lá...

— Bem, tem... tem casas.

— Casas como, como no bairro que você cresceu, sei lá, em Indiana ou algum outro lugar cheio de sardentos como você?

— Haha, eu sou de Michigan... Não é tão bonito como você pensa, mas não, não como lá. Sim, é bem diferente.

— Já pensou em um vírus que ninguém conhece caindo num lugar desses? Pois bem, eu não quero ser o cara que trouxe. Eu não quero deitar na cama e achar que tem uma mísera chance de eu ser esse cara.

Ficou em silêncio por um tempo e completou:

— Eu não vou ser esse cara. Sob hipótese alguma.

Falou isso ao mesmo tempo em que tocou levemente no manche, sentindo o avião responder ao seu comando.

— Informe o centro de controle que estamos voltando.

— Voltando?

— Voltando.

— Mas, para começar... o combustível...

— Primeiro informa, depois pensamos.

Enquanto falava iniciou uma longa curva para oeste, ouvindo seu copiloto informando o centro de tráfego aéreo da mudança de plano de voo.

— *Alfa alfa nove cinco uno*, – zumbiu a voz em seu ouvido — *você NÃO tem permissão de retorno, repetindo, você não tem permissão de retorno.*

O comandante intercedeu:

— Alfa alfa nove cinco uno, centro, situação no voo é grave, passageiros contaminados, passageiros em risco de vida. Solicito retorno ao aeroporto de partida.

— *Alfa alfa nove cinco uno, solicitação negada, autorizado proa de Manaus, dois sete zero.*

O copiloto desligou o contato com o controle por um momento.

— Você não disse que era assim grave.

— E não é. O problema não é esse, o problema não é quem está em voo.

— Você não pode simplesmente mentir assim...

— Eles vão mentir para mim também.

Era visível a confusão do copiloto.

— E por que você quer voltar para a América? Por que isso pode ir para lá?

— Nós saímos de lá. Não vamos trazer nenhum mal que já não esteja lá agora. Além do mais, vocês têm estrutura.

— Vocês? Você é americano também.

— Agora, não. Hoje, não. Vocês podem aguentar um dia com um a menos. Agora, precisam de mim aqui. Pega o telefone de satélite e entra em contato com o serviço de controle de tráfego aéreo americano.

O copiloto suspirou e sugeriu um meio-termo:

— Ok, eu entro. Mas faça assim... mantém a proa de Manaus, não é tão fora da rota que você quer. Assim não entra em conflito aberto com o controle, nos dá mais tempo para pensar.

Fazia todo sentido, apesar de ser óbvia a intenção do copiloto de pousar em Manaus.

— Muito bem, façamos isso por enquanto.

Estava olhando o nível de combustível, avaliando a possibilidade de conseguir retornar, quando a chefe de cabine o chamou no intercomunicador.

— *Alguns passageiros estão perguntando por que alteramos tão bruscamente a rota.*

Droga, pensou ele, ainda isso.

— Diga para eles não se preocuparem.

"Que porcaria de resposta era essa", pensou a chefe de cabine, antes de insistir:

— *Comandante...*

— Alguma dúvida, Sra. Chefe de Cabine?

Após um segundo de silêncio, veio a resposta:

— *Não, Sr. Comandante.*

Isso deve me dar uma hora de paz, pensou consigo, enquanto avaliava as possibilidades, que não eram muitas. A única coisa que sabia era que não queria pousar. Passou a próxima hora avaliando o combustível e, quando iniciava a curva necessária a Leste para iniciar o procedimento de aproximação em Manaus, foi chamado, novamente, pelo intercomunicador.

— *A Dra. Anne pediu para avisar que está indo para a cabine.*

Apoiou a cabeça no encosto, respirando fundo. Não teria a menor condição de voltar para o aeroporto de origem, não com o vento em rota como estava. Talvez, pudesse conseguir atingir algum aeroporto ao sul dos Estados Unidos, mas dificilmente conseguiria permissão para reentrar no espaço aéreo americano. Manaus parecia a única solução, ainda que não fosse solução alguma.

Não demorou para que, após duas batidas firmes, a porta fosse aberta, e metade do corpo da médica ficasse visível. Ela o olhou interrogativa, ele rebateu o olhar.

— Vamos para outro aeroporto? Achei que…

Ele se levantou de imediato, e ela entendeu que não deveria continuar a frase. Aguardou que ele saísse e fechasse a porta.

— Desculpe, eu não quis… bem, pelo visto eu não entendi exatamente o que você disse antes.

— Não, você entendeu. Mas eu também entendi muito bem o que você disse quando falou em "vetor".

A médica deu um passo atrás.

— Mas... não, sim, eu disse isso, e é verdade mas... mas eu nunca falei para...

— Eu sei que não falou, mas eu entendi.

Sentiu uma ponta de remorso por sugerir à médica que havia mudado a rota por sua causa, mas sabia que, de uma forma ou de outra, precisaria de todo o apoio que pudesse, seja lá de que maneira o conseguisse. Não quis deixá-la pensar muito mais na situação.

— Como está o passageiro?

Ela o olhou com uma ponta de desconfiança.

— Igual. Não era de se esperar nenhuma mudança tão brusca... Mal passou uma hora.

Assaltou-lhe, de repente, um pensamento de que talvez o passageiro tivesse alguma outra coisa qualquer. Deveria ser um pensamento reconfortante, mas... isso significaria que ele, em breve, teria muito para explicar. E, antes de mais nada, pensar assim era uma fuga perfeita. Apesar de não ter certeza da resposta que gostaria de ouvir, perguntou:

— Você conseguiu entrar em contato com quem gostaria de falar? Tem mais certeza quanto ao que esse homem tem?

— Sim, consegui – ela respondeu. – Ele não pode acrescentar muito em relação ao que consegui descobrir simplesmente usando o Google. Pouca gente tem experiência com isso ainda. Ele vai tentar conversar com mais alguém. A princípio, o diagnóstico se mantém. Conversamos com o paciente, ele está vindo mesmo da Ásia. Mas... não me peça uma certeza que não posso ter.

— Não peço certeza. Mas ficou claro que a possibilidade é real e não pode ser descartada. Foi meu primeiro julgamento. Obrigado, doutora. Você já fez muito.

Não perguntou se ela tinha mais algo a dizer e, simplesmente, bateu a porta na frente dela. Sua preocupação agora era outra.

Pensou em abrir a porta outra vez, chamá-la e pedir desculpas por fechar a porta na sua cara daquele jeito. Chegou a levar a mão à maçaneta, mas desistiu, afinal.

— Desgraçada – disse, enquanto se ajeitava em seu lugar. Sentiu uma boa dose de remorso por falar da médica assim, lembrando-se de seu sorriso honesto desprovido de maquiagem. Mordeu o lábio inferior, murmurando algo.

O copiloto olhou confuso e perguntou de imediato:

— O que foi? Qual o problema?

— Esquece — ele respondeu, sem se virar. Sentiu um calafrio subir-lhe a espinha quando pensou no que estava fazendo, mas simplesmente não podia deixar que mais ninguém tivesse um quadro claro da situação.

— Essa mulher não fala coisa com coisa.

— Mas o que ela disse? – Insistiu o copiloto, cada vez mais confuso.

— Esquece, já disse.

O comandante chamou o controle Manaus.

— Alfa alfa nove cinco uno, controle Manaus, requisitando auxílio após aterrissagem. Alfa alfa nove cinco uno requisitando contato com o diretor do aeroporto.

— *Prossiga alfa alfa nove cinco uno.*

— Alfa alfa nove cinco uno, controle Manaus, precisamos de equipes médicas na aterrissagem. É necessário providenciar, com urgência, instalações de quarentena para tripulação e passageiros.

— *Repita alfa alfa nove cinco uno.*

— Alfa alfa nove cinco uno, controle Manaus, repetindo, precisamos de equipes médicas na aterrissagem. Precisamos de quarentena para tripulação e passageiros.

E, após uma pausa, completou:

— Quero falar com o diretor do aeroporto, agora!

O copiloto se virou para ele e perguntou diretamente:

— O que você espera que eles façam?

— Alguma coisa – foi a resposta irritada do piloto.

— Acha que existe alguma chance, qualquer uma, de providenciarem quarentena para um avião inteiro, só por que você pediu?

O tom do copiloto era, explicitamente, de confronto. E não sem motivos.

— Estou pensando no que fazer.

Nesse momento, o copiloto teve um calafrio. *"Estou pensando no que fazer"* era a última frase que esperava ouvir de um profissional. Teve certeza absoluta de que tinha um problema nas mãos, e esse problema não era um passageiro com febre. Olhou, outra vez, para seu comandante com o canto dos olhos e se manteve em silêncio. Ouviu o diálogo com o controle de tráfego aéreo e apenas se manifestou para manter o protocolo.

Para surpresa dos dois, após alguns minutos, uma nova voz zumbiu em seus ouvidos.

— *Controle Manaus, Alfa alfa nove cinco uno, aqui é a direção do aeroporto de Manaus. Qual o seu problema?*

Os pilotos se entreolharam, cada um surpreso à sua maneira.

— Alfa alfa nove cinco uno, controle Manaus, temos um infectado aqui, em estado grave. Risco alto de contaminação de passageiros e tripulação. Preciso saber qual o procedimento.

Não houve resposta imediata. Após alguns segundos, puderam ouvir:

— *Controle Manaus, alfa alfa nove cinco uno, passageiro infectado com o quê?*

— Alfa alfa nove cinco uno, controle Manaus, Coronavírus. Coronavírus. Coronavírus!

Virou-se para o copiloto com uma expressão incrédula.

— Como "com o quê"? O que mais seria? A peste? Porra...

— Calma, as pessoas ainda não... ninguém acha que é tão sério.

A voz vinda do controle Manaus interrompeu o diálogo:

— *Procedimento de qual parte, alfa alfa nove cinco uno, do aeroporto ou da aeronave?*

Tenso, o piloto apertou com força o botão do rádio.

— Controle Manaus, do aeroporto, do aeroporto.

Novo silêncio.

— *Controle Manaus, alfa alfa nove cinco uno, vamos ter uma ambulância esperando pelo passageiro.*

— Alfa alfa nove cinco uno, controle Manaus, e o que fazemos com os demais?

— Alfa alfa nove cinco uno, não temos o que fazer com centenas de passageiros. A companhia vai ter que redirecionar essas pessoas.

— Você entendeu o que está acontecendo? Você está informado sobre o coronavírus? Sabe o que é? Sabe do que estou falando?

— Alfa alfa nove cinco uno, não temos qualquer determinação da Infraero ou do Ministério quanto a isso.

— Pois, então, fale com quem tiver que falar! O mínimo que podemos fazer é rastrear todos a bordo.

— Alfa alfa nove cinco uno, vamos fazer tudo para garantir a segurança de todos, não se preocupe.

O piloto ouviu aquelas palavras já sem qualquer reação visível. Manteve o olhar fixo para a frente. Começavam a aproximar-se de Manaus, podia vê-la ao longe, um pouco à sua esquerda. Não estava perto o suficiente para ser capaz de identificar muita coisa. Mas a imagem em sua mente não era de lá, mas, sim, de tantas aproximações sobre os milhares e milhares de casinhas coladas em volta de Guarulhos. Para ele, o país inteiro era uma coleção de pontos ligados, um palheiro esperando uma faísca. Por anos e anos, ele sobrevoou aquele formigueiro, sentindo um arrepio subir-lhe a espinha cada vez que olhou para baixo, cada vez que imaginou o que era a vida naquele labirinto. Sempre desejou que tudo aquilo simplesmente não existisse.

— Dez mil pés.

A voz do copiloto lhe causou um pequeno sobressalto. O vetor estava a dez mil pés. Era uma seta voando para o coração daquele oceano de casas, casebres, de ruas e de gente. Se queria que ele não existisse, sem dúvida estava ajudando para isso. Só não ia ser imediato. Só não ia ser indolor.

Ia ser uma longa curva de crescimento. Seu treinamento de piloto o fazia entender, instantaneamente, que as curvas e gráficos que começavam a aparecer nas reportagens, na tela do computador, tinham uma contraparte no mundo concreto. Aquelas curvas eram curvas de morte. Os outros podiam só ver uma curva, mas ele via as mortes. E quem estaria no ponto inicial daquela curva? Ele.

Pensou por alguns segundos e disse no tom mais calmo que conseguiu produzir:

— Você tem razão. Não havia nada a fazer... Eu deveria ter dividido algumas decisões com você. Eu assumo total responsabilidade por tudo.

Continuou olhando firme para a frente.

O copiloto, após refletir um pouco, respondeu:

— Eu entendo... Bem, vamos pousar este avião. Eu entendo sua preocupação. Eu entendo, eu juro que entendo.

— Pode apenas me fazer um favor? Pode perguntar para aquela médica como está o passageiro? Temos ainda alguns minutos, mas eu não quero falar com ela, não quero falar com ninguém. Fale direto com ela, sem passar pela tripulação.

O copiloto olhou rapidamente para o mapa no painel, hesitou por um breve momento e se levantou com pressa. Quando já não podia ouvir o que se passava atrás dele, a porta da cabine se fechou, e em seguida foi trancada por dentro.

* * *

O avião voou a baixa altitude por muitos quilômetros. Enquanto esmurrava a porta, o copiloto percebeu uma curva para sudoeste. Foi ao intercomunicador da tripulação, exigindo que o comandante o deixasse entrar, mas o máximo que conseguiu foi ouvir, repetidas vezes, que o avião não iria ser jogado contra o solo.

Mais de uma vez o copiloto voltou ao intercomunicador. Ao longo de uma hora e meia, suas conversas chegaram a ser quase normais. Perguntou, finalmente, por que estavam voando tão baixo, e não pôde acreditar quando ouviu a resposta.

— *Quero fugir do radar. Não quero que saibam onde estamos. Por isso, mudei nosso curso com essa longa curva, usando só o leme. Não quero aumentar nossa sessão reta.*

Após o silêncio que seguiu, o comandante completou:

— E já desliguei o transponder faz muito tempo.

— Você enlouqueceu pra valer. Isso não é o Vietnã, não é o Iraque, porra! Onde que vamos pousar? O que acha que vai conseguir com essa merda toda?

— *Vou fazer de tudo para garantir a segurança de todos* – foi a última frase que o copiloto ouviu antes de apoiar a testa na parede e desligar o intercomunicador, sentindo-se profundamente impotente.

Sentada em uma poltrona de primeira classe, vendo seu paciente acidental dormir um sono cheio de sobressaltos, a médica assistiu à agitação frenética da tripulação e o desespero dos passageiros com uma calma que surpreendeu a si própria. Enquanto olhava pela janela, vendo a vegetação tão perto, não se perguntava se poderia ter feito algo diferente. Também não achava que nenhuma tragédia estava para acontecer. Só sabia que tinha muito trabalho pela frente. Tinha no rosto a expressão vazia que tanto impressionara Fabiano.

Dentro da cabine, o homem no controle do vetor voador escaneava o horizonte com o olhar. Podia sentir o enorme tapete verde respirando logo abaixo dele. Tinha desviado a enorme flecha. Nada mais importava, era o que dizia para si mesmo cada vez que sua mente começava a analisar tudo que poderia ter feito diferente.

Quando não tinha mais do que quinze minutos de combustível, finalmente avistou uma grande área com vegetação baixa, provavelmente um manguezal. Após duas longas curvas, um ponto perdido no meio da selva amazônica recebeu o metálico ventre de um enorme e brilhante Boeing *787 Dreamliner*. É claro que não foi uma aterrissagem suave, mas fora um braço e algumas costelas quebradas, nada de pior ocorreu.

Queria uma quarentena, e conseguiu uma.

Ele ignorava, porém, que, a poucos quilômetros dali, escondida na fronteira entre mangue e floresta, estava uma das últimas tribos de índios não contatados, vivendo ainda em seu mundo paleolítico. Pouco menos de uma hora após o pouso forçado, dezenas de olhos selvagens assombrados cercavam o avião ainda fumegando no solo.

Em seis meses, mais da metade desses olhos seria dizimada por meia dúzia de doenças que nunca haviam tocado aquelas terras virgens.

Nenhuma delas, porém, era a Covid-19.

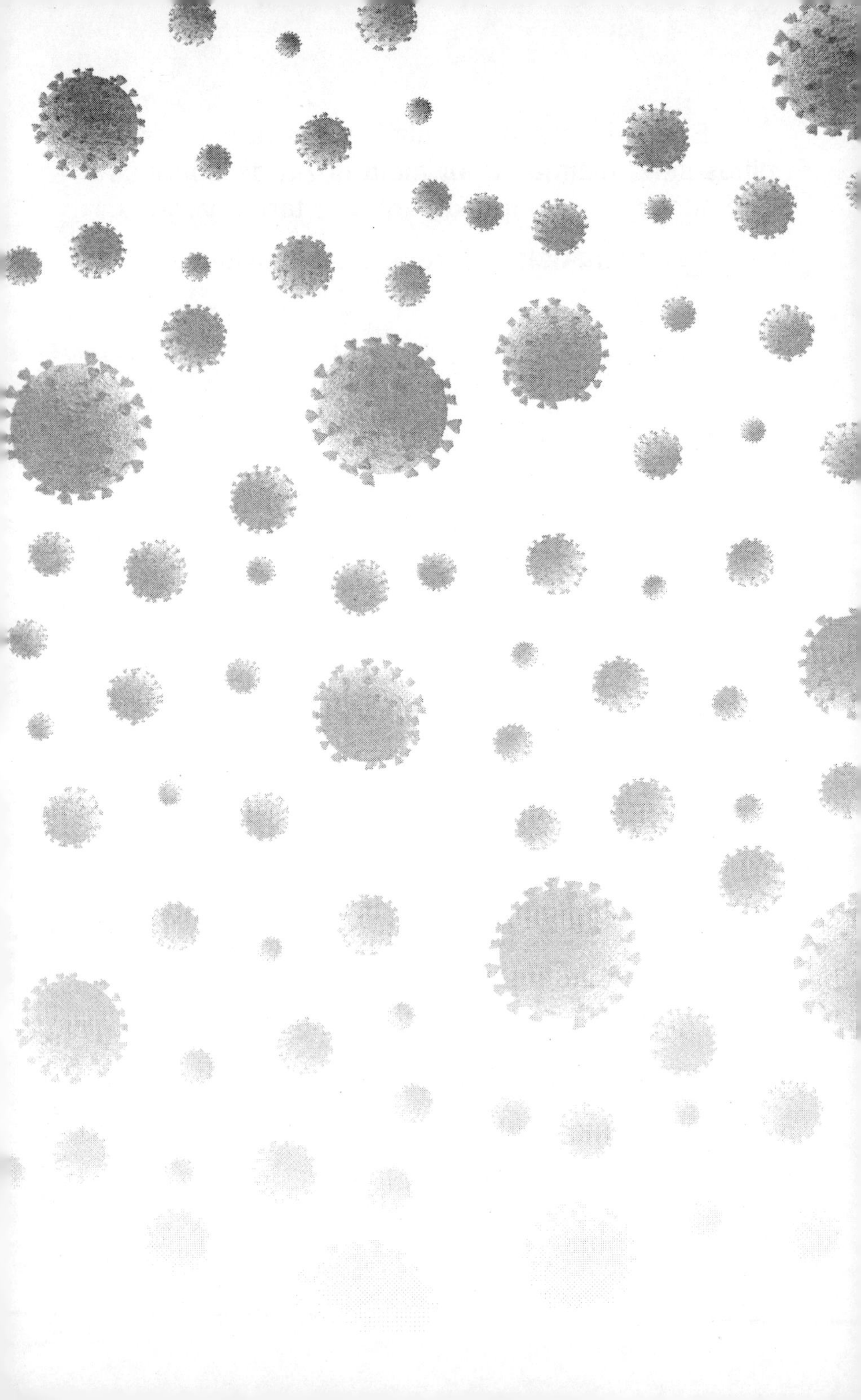

RÁDIO A PILHA ENGUIÇADO

O passar dos dias fez com que todos conhecessem os sons da vida de todos. Isso rendeu, claro, alguns diálogos que, meses antes, seriam impensáveis. Alguns cômicos, alguns estranhos, outros flertando com o triste. Com o tempo, nem mesmo essas conversas mais aconteciam, um se acostumou com o outro rangendo os dentes quando lembrava de algo desagradável, com os estranhos murmúrios débeis que, por vezes, sumiam de tão agudos em algum cantarolar irreconhecível, com o bater de pés involuntário, com o escarrar na pia do banheiro. Sem querer, realmente sem querer, todos passaram a se conhecer melhor.

Mas não fez muita diferença. O mundo ainda era grande demais, preso do outro lado da janela. Bem, ele sempre esteve do outro lado da janela, só que agora as pessoas não podiam ir até lá. Não que antes elas fossem lá muito mesmo. Não sabiam que podiam, ou não sabiam que queriam. Mas agora já tinham até esquecido que talvez pudessem ou quisessem. Viam-se deitadas, sentadas desconfortáveis no sofá, tamborilando os dedos na mesa ou analisando os detalhes de uma mancha de sujeira no vidro. Não era tão ruim como haviam temido.

O pai estava sentado na mesa da cozinha e ouviu algo distantemente familiar sair dos fones de ouvido do filho. Demorou uns segundos para reconhecer e mais alguns para articular alguma frase. O filho, com os fones, não o ouviu a princípio e só reagiu quando o pai se levantou e tocou em seu ombro.

— Eu já falei para não ficar com isso o dia inteiro. Você já está fazendo isso de novo…

O garoto o olhou com a expressão profundamente entediada de sempre, que incomodou o pai, que logo emendou:

— Mas não era isso… Eu te chamei e você não ouviu, ia perguntar onde que você está ouvindo isso aí.

— Isso aí o quê?

— Isso aí que está ouvindo, você está ouvindo alguma coisa. Tocou uma música aí lá das antigas, antiga mesmo, nem é música para valer… Onde que você está ouvindo isso?

— Não estou ouvindo música.

O pai reconheceu o tipo de conversa que estavam começando a ter. Um tipo que o incomodava muitíssimo e que não queria ter agora.

— Tá bom, tá bom. Mas eu ouvi uma música que reconheci, queria saber onde ouviu, só isso, esquece. Nem sei como está ouvindo uma coisa dessa que não tem nada a ver com o que vocês escutam... esquece, esquece.

E se levantou, indo na direção da geladeira. O filho revirou os olhos.

— Pai, eu estava ouvindo um *podcast*, segui um *link* para outro episódio, só isso... – o menino tentou responder, não passava nem perto de lembrar do som de fundo ou das vinhetas que faziam parte daquilo em que estava supostamente prestando atenção.

O pai fechou a geladeira com uma lata de cerveja na mão. Encostou na janela da área de serviço e cantarolou:

— *Meu rádio a pilha enguiçou, e eu levei para o consertador...*

O menino o olhou, rindo um riso incrédulo, mas o pai não percebeu.

— O quê que é isso? – perguntou, agora ele batendo no ombro do pai.

— Então, foi isso que ouvi. Era uma musiquinha que a gente cantava quando era pequeno, uma coisa besta, nossa, nem lembrava disso. Como a gente gostava de coisa besta.

O menino não precisou fazer nada para mostrar o quanto concordava com essa frase. Saiu colocando os fones, mas parou no caminho e perguntou:

— O quê que é um rádio a pilha?

— Como o quê que é um rádio a pilha? É um rádio a pilha.

O rapaz o olhava ainda com expressão interrogativa.

— Um rádio, porra, não sabe o que é um rádio? Com uma coisa que gira para sintonizar a estação. Isso, parecido com o do carro. Não precisa de internet para isso. E funcionava com uma pilha. Cacete...

O homem encostou no parapeito da janela, não querendo olhar para o filho. Disse em voz baixa, quase só para si mesmo:

— É só uma coisa velha que ninguém mais usa.

* * *

Sim, todos conheciam os sons de todos. Mas não só dentro daqueles pequenos átomos de sociedade com dois quartos, uma sala e um banheiro, não só lá que os sons eram moeda de troca para passar o tédio dos dias. Os prédios e os condomínios já se conheciam, já sabiam que alguém no quinto andar tinha a bexiga muito pequena, quais casais ainda estavam na flor da paixão e quem perdia a racionalidade ao fechar a porta de casa por dentro. Isso já era verdade há muito, desde sempre, porque o som corre de formas tão peculiares, ecoa e rebate nas paredes segundo equações e padrões que deveriam existir só no mundo etéreo da acústica, mas de uma acústica presa em livros velhos, não no mundo real, para onde ela escapa, foge, fazendo frases soltas serem ouvidas em locais onde apenas o silêncio do tédio deveria reinar. O mundo real é um estranho acoplamento de equações velhas e condições de contorno novas.

A insólita acústica de um mundo irregularmente randômico sempre se faz ouvir. É tão estranho algo escrito num livro velho e amarelado ser verdade… O mundo é mesmo surreal, como dizem os vídeos do *Youtube*. E, nesse mundo surreal em que uma matemática longeva empurra palavras por entre paredes e fossos de elevador, aquele diálogo mundano e corriqueiro sobre coisas velhas que ninguém mais quer, palavra por palavra, detalhe por detalhe – incluindo até o som suave da borracha de geladeira cedendo ao abrir da porta – pôde ser ouvido no meio da sala de outro apartamento.

Era um apartamento idêntico ao primeiro, mas ocupado de forma totalmente diferente. De fato, não era idêntico, mas, sim simetricamente oposto, como uma imagem no espelho daquele onde ocorrera a conversa entre pai e filho. Essa reflexão especular era quase completamente vazia, habitada por só uma pessoa. Tinha uma minúscula mesa na cozinha, só com um pequeno banco. Uma panela e uma chaleira ficavam eternamente em cima do fogão. Havia uma cadeira de balanço quase no meio da sala, longe o suficiente da parede para nunca a atingir em seu movimento. Uma televisão equilibrando-se sobre um criado-mudo menor do que ela, banhada pela luz que entrava das janelas nuas. Um quarto tinha uma cama, um armário alto e estreito e duas malas abertas junto à parede, no mesmo lugar já havia anos. Outro quarto estava vazio, com sua lâmpada queimada, a qual seria muito difícil de tirar do bocal em que estava desde que o apartamento fora alugado.

Sentado na cadeira de balanço, o único ocupante dessa morada escutou aquela conversa sem alterar a expressão, expressão aliás que pouquíssimo mudava há muito tempo. Mas, ao ouvir a frase da música que conhecia muito bem, da música que volta e meia cantarolava em sua cabeça desde a infância, piscou os olhos algumas vezes e pôs a cadeira para balançar um pouco, coisa que pouco fazia.

A cadeira balançou enquanto ele pensava nas coisas velhas que ninguém mais usa. Conhecia--as muito bem. Sua oficina de trabalho era repleta delas. A alguns quilômetros dali, sua desordem compacta era o absoluto inverso do ócio oco que enchia aquele apartamento. Mas não ia para lá desde o início da quarentena. Já tinha cada vez menos trabalho, todo aquele mundo de trastes empilhados eram as testemunhas de sua história, coisas deixadas lá por seus donos e nunca reclamadas, pagas ou não pagas, e a maioria absoluta consertada independentemente da possibilidade de pagamento. Algumas delas ficavam lá, esquecidas por anos, sem que seu dono tivesse dado uma resposta ao orçamento, até que ele, finalmente, compadecia-se da pobre coisa e fazia-a voltar à sua mecânica e utilitária vida de objeto.

Quantas vezes tinha ouvido que "era mais barato comprar um novo"? Quantas vezes tinha balançado a cabeça, admitindo que tal produto era impossível de ser consertado, por simplesmente não haver peças, ou ser impossível de abrir sem danificá-lo, ou por qualquer outro motivo que Henry Ford não tinha levado em conta? O tempo passava, sua oficina ficava mais escura, as lojas dos *shoppings* mais brilhantes, e as pilhas de lixo maiores. *Humpf*, era o som que fazia ao montar essa imagem na cabeça, dando de ombros e indo buscar outra xícara de café.

Agora a televisão dizia que as lojas estavam fechadas, que as fábricas estavam fechadas, que tudo estava parado. Mas ele sabia muito bem que nada nunca para, o tempo continua girando, carcomendo as engrenagens das coisas, criando mais clientes em potencial para a grande oficina de reparos do universo e, talvez, também, para suas pequenas filiais mundanas – cópias malfeitas da grande matriz –, como a que ele mesmo tinha, cheia de coisas velhas que ninguém mais quer. Será que agora esses clientes em potencial iriam, em massa, inundar todas as oficinas de conserto do planeta? Será que, de repente, tudo seria como antes? Será que o trariam milhares de novos quebra-cabeças para desvendar? Será que a senhora que não conseguia abrir um vidro de pepinos ia voltar a pedir a ajuda dele?

E tudo por causa de um vírus? Iria um vírus revirar todo o mundo de cabeça para baixo? Impedir, de um só golpe, o processo de morte que já havia agarrado sua oficina, sua ocupação e sua própria vida pelo pescoço? Seria ele salvo pelo vírus? Pelas próprias coisas infectadas que trariam para ele consertar?

Será que deveria fazer isso? Deixar que aqueles que o tinham jogado fora revirar a lata do lixo e tirá-lo lá do fundo, agora que precisavam dele? Não era essa a hora de ter alguma dignidade?

Que tipo de coisas um mundo infectado e em quarentena o traria? Será que as pessoas iam espirrar em cima de seus telefones sem fio que já não ligavam, das caixas de som que faziam chiado, do eletrodoméstico com um pé de borracha faltando e a base rachada? Tudo voltaria a cair em suas mãos, em sua bancada, depois de passar pelas mãos e por debaixo dos narizes de seus donos. O que ele ia fazer? Passar álcool em tudo aquilo, enfiar uma máscara na cara e pensar que os bons tempos voltaram?

Por que a senhora do vidro de pepinos não mais o procurava? Será que ela pegava seu vidro e ia até uma loja de celulares num *Shopping Center* pedir ajuda?

Suspirou pesadamente, levantando-se da cadeira de balanço. Estava na hora de acabar com essa história. As pessoas que achem uma solução, que comprem tudo novo ou que fiquem sentadas em seus sofás, desejando o que não têm e não podem ter. Agora podia parar com alguma dignidade, não como um relógio velho ao qual simplesmente ninguém deu mais corda. Agora, iam lamentar que ele não funcionava mais.

Porque não podia mudar as pessoas. Elas continuariam gostando mais das coisas novas, mais brilhantes, que eram tudo, menos velhas e conhecidas. Não podia consertar as pessoas, só as coisas. O vírus ia ser só uma pausa. Sentou-se no pequeno banco da cozinha, com a xícara de café na mão, apertou os lábios dizendo um *"humpf"* e dando de ombros. Que idiotice, quem disse que queria consertar as pessoas? Para começar, não sabia se tinham conserto ou mesmo se estavam quebradas. Eram as coisas que importavam.

"Bata na porta, estou atendendo" é o que se lia no pequeno cartaz que colou na porta de sua oficina no outro dia pela manhã. Mais tarde, se lembrou de colocar outro, com um número de telefone ao lado do resultado de uma tentativa bastante malfeita de desenhar a mão livre o símbolo do *Whatsapp*, com uma velha caneta Bic sem tampa. Bem, ao menos a caneta era verde.

Acima dos dois cartazes de papel presos com fita na porta de aço envelhecida, estava lá a placa que ainda trazia sua única palavra:

Consertador.

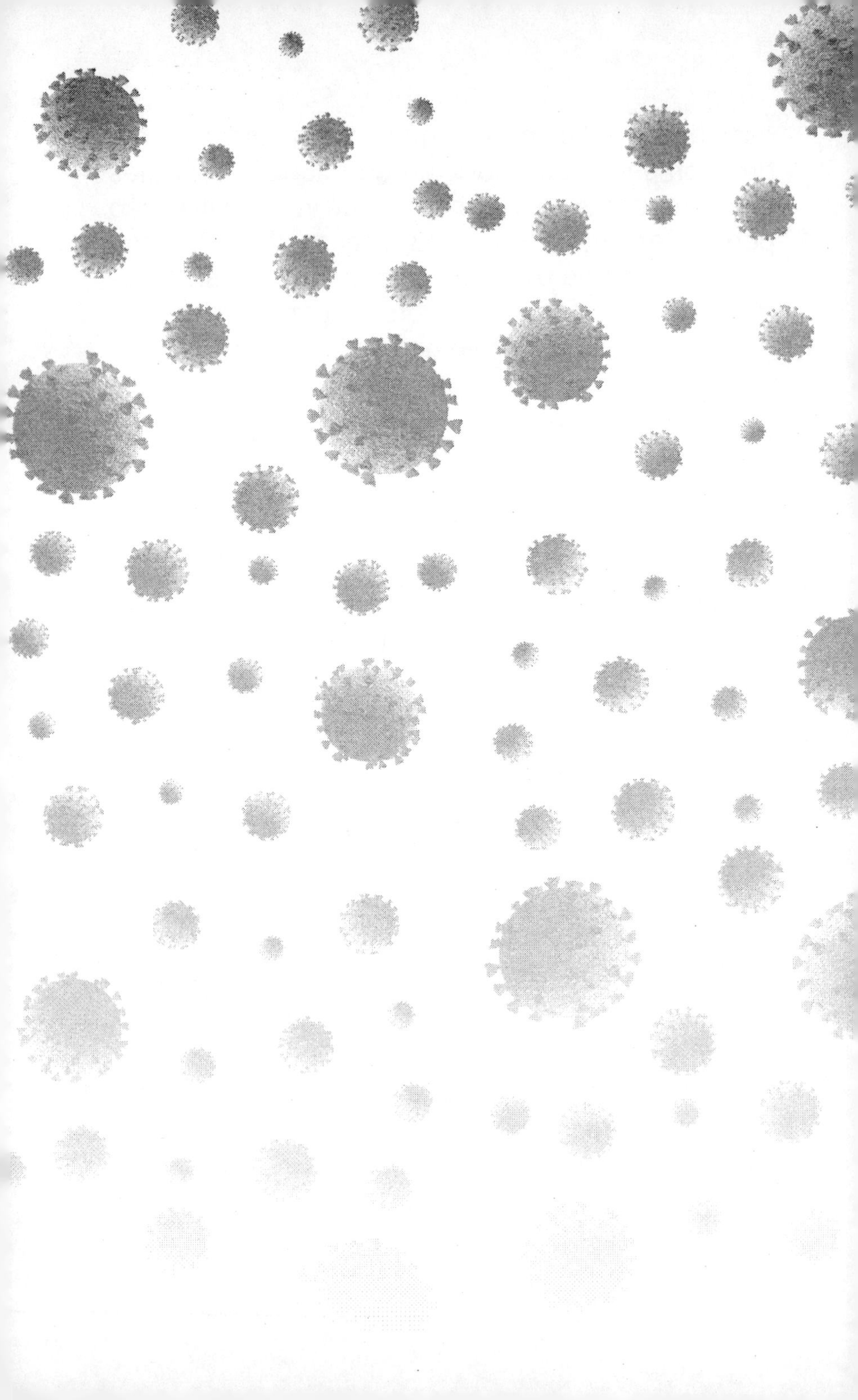

PEQUENA NOTÍCIA INVERIDÍCA

O homem parado na calçada tinha mais de 60 anos, sem dúvida. Estava com um terno cinza, usava óculos com uma armação grossa e escura, e as sobrancelhas, grisalhas, apontando firmes para o centro do rosto, davam um verniz de severidade à sua aparência.

O motorista do carro que veio buscá-lo apertou os lábios, tamborilou os dedos no volante e ergueu o canto da boca em uma expressão de descrença. Esse era um sério candidato a passageiro "difícil".

Quando o homem entrou pela porta de trás, ele confirmou seu nome e o destino. O passageiro respondeu com um "isso" rápido e desinteressado. Antes de partir, ele o informou:

— O odor que o senhor está sentindo é de *lysoform*, que passo nos bancos após cada corrida, e entre um passageiro e outro eu ainda trafego alguns minutos com a janela aberta. O senhor percebeu que estou usando máscara, é para sua proteção.

O homem assumiu uma expressão de reprovação e respondeu de imediato:

— Tanto faz.

Após algumas curvas do trajeto, ele ouviu seu passageiro dizer:

— Pode liberar a porcaria dessa janela? Eu quero abrir mais do que essa fresta.

Ah, a janela, pensou o homem ao volante. “Por favor, peça ao motorista que abra ou feche a janela. Não toque nos botões” – era o que dizia o pequeno recado preso com durex ao lado do botão de controle do vidro. Bem, aquele talvez tenha sido um exagero mesmo, mas agora era tarde.

— Como o senhor quer que o vidro fique?

— Eu quero que fique como eu quero. Eu quero poder controlar a janela do carro que estou andando.

Aquilo fez seu sangue ferver na hora. Algo no tom daquele homem o fazia sentir-se como se estivesse o tempo todo sendo cuspido na cara. Teve que, visivelmente, controlar-se. Respirou fundo, e demorou alguns segundos para responder. Mas, ah, o velho não ia ganhar no grito, de jeito nenhum.

— Senhor, eu…

Mas mal conseguiu completar sua frase.

— Agora – disse o passageiro, devagar e enfático.

Mais uma pausa. O motorista mordeu os lábios por dentro.

— Não.

O passageiro sentiu os olhos incharem de ódio.

— Quem você pensa que é? Destrava essa merda.

Ele parou o carro e se virou para o passageiro.

— O senhor não manda em mim. *Este é meu carro*, e essa é a regra que vale. Eu controlo a janela.

Percebeu que sua calma incomodava extremamente o passageiro, e foi apenas isso que o permitiu se controlar. Continuou:

— Como quer sua janela?

A face do homem se tornou rubra.

— Desgraçado – disse, após um segundo de hesitação. Mal acabou de falar, abriu a porta e saiu, xingando.

Não estavam muito longe de onde a corrida havia iniciado, mas não era um bom lugar para ninguém parar, quanto mais um senhor de terno, com sapatos e valise de couro. O motorista olhou em redor, viu alguns vultos ao longe e soube, de imediato, que não poderia simplesmente ir embora. Mas tinha experiência com pessoas de mais idade teimosas feito mulas. Não adiantaria nada falar qualquer coisa agora. O melhor que podia fazer era esperar.

Ainda próximo ao carro, o homem deu alguns passos, avaliando o local onde estava. Era noite e, ao olhar em redor percebeu que nenhum caminho parecia bom. Olhou para o carro, que ainda estava parado no mesmo lugar, mas não teve tempo de pensar nada.

— Ô, ôôô chefia, ajuda nós, ajuda nós aí.

A voz pareceu partir de lugar nenhum, mas o final da frase pareceu bem mais alto do que o início. Quem falou aquilo estava obviamente chegando mais perto.

O homem na rua avaliou sua situação em um décimo de segundo. Era teimoso, mas não estúpido. Entrou de volta no carro, bateu a porta e falou, em outro tom:

— É melhor sair daqui.

— Tem razão – respondeu, arrancando o carro. Acostumado que estava com esse tipo de situação, simplesmente agradeceu aos céus que a pequena cena tivesse encerrado a discussão. Não esperava um pedido de desculpas e não recebeu um.

Não de imediato, ao menos.

Alguns minutos depois, o homem sentado no banco de trás já havia imaginado algumas vezes o que poderia ter acontecido se o motorista o tivesse deixado lá.

— Outro teria ido embora – disse o passageiro, chegando o mais próximo possível que era capaz, no momento, de um pedido de desculpas.

Não deixou de se surpreender com a frase e respondeu, tentando minimizar um pouco:

— Aquele lugar é muito complicado. Assim que parei, me liguei em onde estava e não ia sair dali de jeito nenhum.

O homem no banco de trás pensou em dizer "deveria, então, olhar onde para o carro", mas se conteve. Calculou que o outro poderia retrucar que parou lá por culpa dele, e não queria mais discutir. Mas, ainda assim, viu-se tentando justificar o próprio comportamento:

— Eu na verdade me irrito com esse excesso de cuidados, com essa coisa louca, histérica, por causa desse vírus. Todo mundo me tratando como um velho, um velho. Não sou vulnerável.

O motorista deixou passar uns segundos e respondeu:

— Esses cuidados que eu tomo são com todo mundo. Tratei o senhor como trato todos os passageiros.

Silêncio.

Mas não durou muito.

— Ah, tá bom. Tudo bem.

O tom das palavras deixava claro que o senhor diria ainda mais alguma coisa. Sua próxima frase estava presa por um fio, como uma fruta grande e madura esperando para cair sem qualquer motivo aparente.

— Ainda assim, é muita frescura. Não precisava isso tudo, não precisava disso.

Apesar do tom do passageiro ter mudado por completo, ainda havia algo na sua maneira de falar que o incomodava, e muito. Sentia uma vontade irrefreável de contrariá-lo.

— Meu senhor, a situação é séria.

O homem bufou, olhou para o lado, mas não quis responder. Quando o motorista passou os olhos pelo retrovisor interno, viu-o voltando os olhos para cima, claramente incomodado.

Foi a gota d'água. Tinha de atingi-lo de algum modo. *Velho desgraçado*, falou para si mesmo, instantes depois, assustando-se com o próprio pensamento. Não, não iria ofendê-lo. Iria fazer outra coisa.

— Meu senhor, só estou aqui dirigindo por causa desse vírus. Meu pai e minha mãe pegaram e, por algum motivo idiota, o plano não quer cobrir a internação. Meu pai ainda conseguiu vaga no SUS, porque apresentou primeiro. Eu sou enfermeiro, vejo isso todo dia, mas não posso internar meus pais no hospital que trabalho. Não fala para mim o que precisa e o que não precisa.

Falou isso sério, com um tom firme, sem alterar a voz, sem mudar a cadência de cada uma das palavras. Não ouviu nenhuma resposta.

O homem no banco de trás seguiu o resto da viagem com os olhos no chão do carro. Ao final da corrida, pagou em dinheiro, disse que não precisava do troco e, antes de bater a porta, disse com sinceridade:

— Melhoras para seus pais. Você... – o homem deu um longo suspiro – ...você é um ótimo rapaz.

Disse isso e bateu a porta, voltando-se sem demora para a direção para a qual seguiria.

Ele agradeceu para ninguém ouvir e arrancou o carro, balançando levemente a cabeça. Já estava trabalhando há muito tempo, era hora de ir para casa. Ainda morava com os pais.

Entrou em casa, deixando os sapatos na porta. Limpou as mãos com álcool em gel, tirou a jaqueta e, ato contínuo, borrifou-a com um *spray*. O resto da roupa, colocou na máquina de lavar. Ao passar pela sala de cuecas, uma voz vinda do sofá na frente da televisão o interceptou.

— Mas você não vai parar com essa coisa idiota? Até quando vai ser assim? Eu quero voltar a tomar meu banho de sol. Não sou obrigado a ficar em casa porque uns mentirosos, uns lixos, uns mentecaptos aí ficam espalhando terror. Vendidos! E você acredita!

— Pai, eu já disse, isso é sério. Não é mentira. Eu nem deveria estar ficando aqui.

— E ia ficar onde, sua besta?

— É, esse é o problema, só por isso estou dormindo em casa.

O homem estendeu o braço e com agilidade surpreendente para sua condição e sua idade, puxou seu andador e apoiou-se nele. Deu dois passos na direção do filho, que, no mesmo instante, recuou, entrando no banheiro.

— Preciso tomar banho. Já falamos.

Trancou a porta e sentou-se no vaso, colocando o rosto entre as mãos. Deu-se então conta da mentira que havia contado ao seu passageiro. Seus pais estavam lá, firmes e fortes, livres do vírus.

Ainda com o rosto entre as mãos, começou a rir. Acabara de fazer exatamente o que o pai falava que todos faziam: tinha espalhado o terror. Agora era mais um criador de notícias falsas.

Bem, pelo menos por hoje, *ainda* era notícia falsa.

VERDES, AMARELOS E VERMELHOS

O *Papo Reto* desta edição atravessa o globo e conversa com o homem responsável por domar a pandemia generalizada em sua terra natal, a República de S. Lá conhecido como "Sr. Sinal Vermelho", ficou famoso por sua política agressiva de segregação e suas respostas diretas para questões difíceis. Ele nos concedeu meia hora de seu tempo e exigiu que apenas versões escritas da entrevista fossem publicadas. "Não aguento mais ouvir minha própria voz", foi a justificativa – que exemplifica, perfeitamente, a maneira como o Dr. K., o "Sr. Sinal Vermelho", lida com o mundo.

PR Para começar, qual a perspectiva da S., o seu país, de finalmente vencer os vírus da família covid?

Dr. K. Nós vamos vencer. A pergunta não é "se", e, sim, "quando". Um ano atrás, eu, talvez, adicionasse uma nota de cautela, dizendo que gostaria de ainda ver isso em vida. Mas agora digo ter certeza de que vou ter esse prazer e que em um prazo médio vou poder decretar que tudo está sob completo controle do Estado, que a pandemia está sob completo controle do Estado.

PR É uma visão otimista então. Se eu fosse completamente cético, como me convenceria, em 2 minutos, de que isso é verdade?

Dr. K. Em um minuto, eu te mostraria os dados, esperando que você compreendesse algo quanto a projeções; e, no outro, eu teria que te mostrar as ruas, nossas ruas. Só quem caminha em nossas ruas pode perceber algumas coisas, a profundidade de nossa vitória.

PR Mas você não pode descrever o que eu veria nesse passeio?

Dr. K. Claro que posso, mas você também pode assistir a um vídeo, existem tantos. Pode mesmo assistir àqueles em que os autores acham estar nos “denunciando”. Mesmo neles você pode ver mais do que eles querem mostrar, a determinação das pessoas, o grau de compreensão de todos, de toda a nossa sociedade, de como a epidemia funciona e de qual deve ser a resposta de cada um. Eu não posso descrever isso.

PR Alguns atribuem essa resposta social a uma guinada repentina do governo de S. em direção a medidas autoritárias.

Dr. K. Sem dúvida.

PR Está admitindo as medidas autoritárias?

Dr. K. Como eu poderia negá-las? Quando uma mãe não deixa o filho brincar porque ele está doente, essa é uma medida completamente arbitrária. Outros membros do governo usariam outra metáfora, dariam algumas voltas, mas eu não vou perder meu tempo. Sim, são arbitrárias.

PR Você comparou o governo a uma mãe, mas... uma mãe poderia convencer seu filho de que o melhor não é sair para brincar, e, sim, ficar em casa, se recuperando. Uma mãe não precisa ser autoritária.

Dr. K. Escute, eu e você sabemos que, nessa conversa de mãe e filho, o final já está escrito, se a mãe for uma boa mãe. Essa conversa que você está falando é um teatro ou, na melhor das hipóteses, um momento educativo. Mas, em nenhum momento, o final da conversa esteve em dúvida. E isso é arbitrário, ponto final. Eu não tenho tempo para hipocrisia. Talvez um dia eu tenha de novo, mas agora não. Bem, a analogia é boa, porque agora o menino doente – nossa sociedade – sabe que está doente e faz tudo o que deve fazer para melhorar. Ou melhor, a analogia seria boa se alguma criança agisse assim por vontade própria.

PR Você se incomoda por ser conhecido como "Sr. Sinal Vermelho"?

Dr. K. Nem um pouco. Minha neta me deu de presente uma camiseta onde colocaram meu rosto na figura de um guarda de trânsito com uma placa vermelha na mão. Eu a uso aos domingos. Quase todos. Essa imagem é ótima e ajudou muito o sucesso de nossa política.

> *"Porque nós fizemos dar certo. Porque fomos mais fundo."*

PR Como isso começou, esse apelido?

Dr. K. Exatamente quando, não sei, isso eu deixo para os jornalistas, para os historiadores irem atrás. É estranho, porque não fomos nós que começamos com isso. Os Estados Unidos tentaram, antes de nós, criar uma política baseada em imunizados, isso ainda antes do segundo ciclo de mutações, antes de começar o que chamamos, hoje, de "transdemia". Nessa fase, estávamos muito bem com a política de rastreamento. Depois da unificação; e depois do terceiro ciclo de mutação, eu ainda não era nem mesmo ministro da saúde, ainda coordenava um dos órgãos responsáveis pelo controle da epidemia em nosso país. Eu mostrei para o nosso então primeiro-ministro que nossa política, que tinha tido muito sucesso até aquele momento, não poderia ser sustentada em mais uma onda, não logo após uma unificação como a que tivemos. Eu devo ter sido muito convincente, porque ele acatou tudo que eu disse, mesmo que isso acabasse custando seu cargo. Naquela época, eu ainda nem havia criado nossas políticas atuais, e já havia pessoas sendo classificadas quanto à sua imunidade em outros locais do planeta.

PR Por que pegou em você, então, esse nome?

Dr. K. Porque nós fizemos dar certo. Porque fomos mais fundo. E, talvez, porque nossos testes e reagentes são melhores.

PR Qual a atual divisão populacional de S.?

Dr. K. 18% de verdes, 31% de amarelos e 50% de vermelhos.

PR A soma não dá 100%...

Dr. K. Ah, arredondamento. Também há sempre uma parcela inconclusiva nos testes.

PR É possível um verde tornar-se amarelo ou mesmo vermelho?

Dr. K. Improvável, mas possível. Não é estatisticamente significante.

PR Todos conhecem as imagens, mas pode descrever como são diferenciadas as cores?

Dr. K. Os verdes usam apenas um bracelete, só isso. Os amarelos – na verdade, a cor é quase laranja, mas chamamos de amarelo – usam, além do bracelete, máscaras amarelas nos ambientes. Seus uniformes de trabalho são amarelos também; em alguns casos, só a jaqueta. E os sapatos. Ah, claro, os verdes têm máscaras verdes também, mas quase nunca as usam. Em geral, quando precisam, são por motivos alheios à pandemia, como num centro cirúrgico.

Os vermelhos devem, quando fora de casa, usar vestes completamente vermelhas. As máscaras são vermelhas também. Eles não têm braceletes.

"Um verde tem uma vida absolutamente normal, e, quando digo normal, digo a vida que se vivia nos anos 10. As únicas diferenças são o bracelete e os testes periódicos."

PR E quanto à falsificação das vestes?

Dr. K. A imprensa fala muito disso, principalmente a internacional, mas é insignificante em número. O que ocorre mais, na verdade, é um vermelho com um familiar amarelo usar suas roupas, mas isso quase não ocorre, há apenas casos isolados. Já temos legislação quanto a isso, é mera questão de polícia.

PR O que ocorre com essas pessoas?

Dr. K. Cadeia para todos envolvidos.

PR Na prática, como é, hoje, a vida de um verde, de um vermelho e de um amarelo?

Dr. K. Um verde tem uma vida absolutamente normal, e, quando digo normal, digo a vida que se vivia nos anos 10. As únicas diferenças são o bracelete e os testes periódicos.

PR De quanto em quanto tempo um verde faz um teste?

Dr. K. Depende da sua história. Um verde "natural" faz apenas testes anuais, e isso é mais por controle estatístico do que por qualquer outra coisa. Um verde "estimulado" inicia com testes a cada semana, e a frequência cai, progressivamente, até 6 meses. E, dependendo do nível de mutação de uma nova onda, podemos convocar testes em massa, mas só fizemos isso uma vez.

PR E um amarelo? Não está muito claro o que é um amarelo para muitas pessoas.

Dr. K. Um amarelo é alguém com boas respostas para as cepas dominantes, mas não imune naturalmente a toda a família. Alguns amarelos evoluem, espontaneamente, para verdes, boa parte dos verdes estimulados foram amarelos em algum momento. Mas alguns retornam, outros se tornam até vermelhos nesse processo. Poucos, mas ocorre. É complexo.

PR E como é a vida de um amarelo?

Dr. K. Ela pode ser bastante normal, dependendo da condição de vida de cada um. Se o seu trabalho não lidar com público, se ele não tiver vermelhos em sua família ou em seu contato diário, pode ter uma vida completamente normal.

PR Eles são testados também?

Dr. K. Menos do que os verdes, porque sua condição é mais estável, e não podem se aproximar dos vermelhos de qualquer modo.

PR Mas os amarelos adoecem também, certo?

Dr. K. Sim, uma fração pequena, sim. Talvez numa taxa parecida com a taxa global da primeira onda, em torno da metade disso, na verdade. Mas, no fim das contas, são a maior parte dos doentes.

PR Mais do que os vermelhos?

Dr. K. Sim, por causa do nível de cuidado com esse grupo. Só que, em média, os amarelos desenvolvem muito menos casos graves. Então, é um bom balanço.

PR Bem... e quanto aos 50% restantes? A metade da população que é vermelha.

Dr. K. Atualmente, é metade, mas nosso objetivo é que esse número chegue a zero, a quase zero. Estamos, sempre estivemos, em queda contínua de vermelhos. Quando estivermos em menos de 10% de vermelhos, iremos, inclusive, aliviar as condições de quarentena contínua em que eles se encontram.

[nota: nesse momento o entrevistador aguardou por um possível complemento da resposta pelo Dr. K. Como isso não ocorreu, ele insistiu na pergunta]

PR Mas como é a vida de um vermelho?

Dr. K. É uma vida de quarentena, mas com válvulas de escape. A princípio, só deixa sua residência para o absolutamente necessário, não podendo sair de um raio de 250 metros de onde mora. Não pode chegar a menos de 10 metros de nenhum outro vermelho de outra residência. Pode ficar a até dois metros de um amarelo se ambos estiverem devidamente protegidos. Não tem restrições quanto aos verdes, sendo apenas instruídos a tomar cuidado com contaminações indiretas. Uma válvula de escape é a saída semanal, um período por semana. Outra, para os que podem, são as zonas livres.

PR O que são essas zonas?

Dr. K. São áreas em que a entrada é absolutamente controlada; e em que temos total certeza da ausência de infectantes e contaminantes. Um verde pode entrar apenas trocando suas roupas e fazendo uma higienização completa. Um amarelo precisa fazer um teste e manter-se numa zona tampão, sem contato, por três dias. Um vermelho deve fazer algo parecido, mas o tempo na zona tampão é de 14 dias. Isso torna mais difícil para um vermelho acessar uma zona livre. Mas a maioria dos vermelhos usa suas férias para isso.

PR Há pessoas de diferentes cores numa mesma família?

Dr. K. Sem dúvida. É, talvez, o caso da maioria.

PR E como é a vida dessas famílias?

Dr. K. Devem obedecer aos protocolos de proteção dos vermelhos. Todo o protocolo de descontaminação, separação de ambientes etc. A única coisa diferente dentro de casa é que não é possível manter a distância mínima. Mas ela deve ser sempre a máxima possível que o ambiente permitir.

PR Tudo isso dentro de casa? Mas isso deve ser muito difícil de ser mantido por muito tempo.

Dr. K. Sem dúvida, é. Mas estamos conseguindo fazê-lo.

PR Há vermelhos no governo?

Dr. K. Há vermelhos em todos os setores da sociedade.

PR Você acha que a solução de S. pode ser aplicada, com sucesso, ao resto do mundo?

Dr. K. Eu acho que é a única solução. Sei que é extremamente difícil para muitos países, mesmo para continentes inteiros. Mas é melhor do que as cenas de horror com as quais nos acostumamos na última década. Acho que muitos países ainda vivem uma ilusão de que podem vencer a transdemia com métodos convencionais. Eu lhes desejo sorte. Sei que o preço que pagamos por nossa abordagem é alto, mas o retorno também é. Eu sempre lembro de uma frase de Gandhi, quando perguntado se seria possível vencer alguém como Hitler usando resistência passiva. Sua resposta é a frase mais importante de minha vida: "Não sem derrotas, não sem grande dor". Não há vitória importante sem um alto preço a ser pago. Bem, não sei o quanto estamos sendo passivos nessa guerra, mas, sem dúvida, tivemos nossas derrotas e temos nossa grande dor. Os vermelhos suportam muito de nossa dor. Todos os dias. É por isso que gosto de meu apelido, porque me conecta com os vermelhos. Tenho eles no coração. Meu coração é vermelho.

PR Seu coração é vermelho, mas qual é a sua cor?

Dr. K. Você saberia instantaneamente a resposta se fosse meu concidadão. Como minhas vestes são normais, e tenho apenas esse pequeno bracelete no pulso, eu sou um verde. Tive a sorte de ser um verde natural.

PR Agora, algo mais pessoal... além de, claro, sua cor, que era algo extremamente pessoal. O que o Sr. Sinal Vermelho gostaria de dizer, pessoalmente, para os demais habitantes do planeta?

Dr. K. Cuidem de seus locais turísticos! Eu quero me aposentar em dez anos, quero ter lugares bonitos para visitar. [dá uma sonora gargalhada] E, se preparem, vocês vão nos ver jogando muito bem quando tivermos novamente uma Copa do Mundo. Por sinal, o uniforme de nossa seleção, agora, tem as cores vermelha, verde e amarela. Esperamos fazer bonito. [outra risada mais longa]

PR Ah, Dr. K., desculpe, uma última pergunta, que acabam de me passar, desculpe... há rumores de que o governo de S. planeja proibir que casais vermelhos tenham filhos. Isso procede?

Dr. K. Absolutamente não.

O MUNDO D'ALÉM PORTA

(Escrito a dois teclados, em companhia de Diógenes Galetti, com alguns vestígios de Borges)

O debate era furioso e dar-se-ia, muito provavelmente, por toda a eternidade. Afinal, como poderíamos nós, meros mortais, termos alguma esperança de poder desvendar todos os mistérios da Tríade?[1] É de se surpreender, na verdade, que, no que tange ao lugar ontológico do Mundo de Dentro e também do Mundo da Interface, haja uma quase unanimidade. Porém, a despeito de qualquer concordância que possa haver quanto a esses mundos, parecemos fadados a um eterno digladiar-se quanto ao Mundo d'além Porta.

1 Há, aqui, uma controvérsia de termos. Alguns autores são enfáticos ao preferirem o uso de "Plano" em vez de "Mundo". Segundo esses autores, "Mundo" já carrega consigo uma significação ancestral, indissociável de um sentido último de realidade concreta, remetendo, portanto, a uma escolha metafísica prévia. Não concordamos com esses autores quanto à realidade concreta do mundo nem mesmo quanto a uma suposta presunção de realidade desse mundo; afinal, esse, para nós, é o cerne de todo o debate.

E, se não compreendemos algo da Tríade, não A compreendemos simplesmente. Porque a Tríade é Una. Interconexa. Hiperconexa. HiperUna.

Mas os hipertextos sagrados são propositadamente sucintos. A verdade última é compacta. Não está nunca num vídeo embutido. Não está num podcast. Não está num longo e maçante blog. Não está num post, nem mesmo num tweet. A Verdade está codificada na hashtag.

A verdade vem, portanto, do Mundo da Interface. Mas é sentida no Mundo de Dentro. Qual, então, é sua relação com o Mundo d'além Porta?

Antes de sabermos a relação da verdade com o Mundo d'além Porta, precisamos saber o que diz a verdade sobre o Mundo d'além Porta. Terá esse mundo sua realidade objetiva, como a do Mundo de Dentro? Ou será uma realidade relacional, hiperconexa, como a do Mundo da Interface? Ou, ainda, como tuitava uma corrente de anciãos há muito esquecida, o Mundo d'além Porta só existe quando o olhamos, quando abrimos a janela, quando espiamos no olho mágico? Quão mágico é o olho mágico? É o olho mágico uma interface? E a janela? E a porta?

Virá o alimento do Mundo d'além Porta? Ou, uma vez que passa a existir o pedido no Mundo da Interface, esse alimento, e tudo que o cerca, é criado num momento de interação diáfana entre o Mundo de Dentro e o Mundo d'além Porta?

O Mundo d'além Porta é plano, como abundam provas no Mundo da Interface. Será esse mundo tão infinito no tempo como o é no espaço? Será o Mundo d'além Porta um infinito hipercubo no espaço-tempo?

Terá o Mundo d'além Porta uma história? É essa história aquela que vemos nos livros do Mundo de Dentro (sim, eles ainda existem), ou é aquela que vemos nos vídeos do Mundo da Interface? Ou o Mundo d'além Porta sempre esteve lá, estático, sempre como é e como sempre foi, sem história, sem passado, sem futuro. A história do Mundo d'além Porta só existe no Mundo de Dentro e no Mundo da Interface. Lá, ela sempre existiu. No próprio Mundo d'além Porta, ele sempre existiu, mas sempre existiu sem qualquer história.

O Mundo de Dentro tem uma história. Sim, porque houve um tempo em que as pessoas queriam sair. Essas pessoas, provavelmente insanas, em seu delírio coletivo, não só criam que queriam sair, mas criam que houve um tempo em que, de fato, elas saíam, e, então, veio outro tempo, em que foram forçadas a não mais sair, a *Grande Reclusão*. E – valha-me, Google – elas eram criativas. Dentre tudo que há sobre esse período, talvez o mais interessante – por muitos motivos diferentes – seja um vídeo inusitado[2], feito, aparentemente, de dentro do Mundo de Dentro, olhando por uma janela para dentro de outra janela dentro de outro

2 O famosíssimo vídeo *The book is on the table*. Esse vídeo, sem dúvida, é a razão para essa frase ser tão presente nos documentos daquela época.

Mundo de Dentro, e, dentro desse Mundo de Dentro, há uma mesa, e sobre essa mesa há um livro. O livro está aberto. A câmera se firma, e o zoom se aproxima mais e mais, até o máximo possível, até ser possível, com alguma dificuldade, ler o que está escrito nas duas páginas abertas daquele livro:

7. O MUNDO D'ALÉM PORTA, OU SOBRE A REALIDADE DO REAL IRRESTRITO.

Sacrilégio! Minha atitude foi um enorme sacrilégio! Agora que os tempos mudaram e que tenho dado liberdade às minhas considerações mais ousadas, só posso classificá-la como sacrilégio. É bem verdade que tenho somente lembranças do texto, mas tenho certeza de que o li! Não era um livro incomum; na verdade, poderia quase ser tomado por um almanaque daqueles que recebíamos de presente de fim de ano da Editora. Hoje, lastimo que tenha me desfeito dele; por que não o ter conservado também? Afinal, mantive até hoje na estante o Almanaque Capivarol! Mas aquele livro era especial, ah, isso ele era! Li do começo ao fim com grande entusiasmo, sem perder uma palavra, uma vírgula; como era cativante! Acima de tudo, o Apêndice era soberbo. Aquela grande discussão sobre a realidade do real irrestrito era obra de um conhecedor, de alguém que tinha tido, algum dia, uma experiência sobrenatural sobre o que ocorria além da Porta. A Porta, mais do que a janela, é o símbolo máximo da possível interconexão com o mundo d'além Porta. A janela não! Ela só insinua o que poderiam ser aquelas fantasias, todas geradas por imagens insidiosas e voláteis. Ah! A Porta não! O que poderia haver além dela? Haveria, de fato, alguma coisa além dela?

Aquele Apêndice tratava essas questões de forma tão clara, tão didática, que nunca consegui deixar de relê-lo. Tanto me convenci de que seu conteúdo era uma verdade tão verdadeira que o esqueci. Mas, hoje, depois de tanto tempo, depois de o livro ter sido levado justamente para o mundo d'além Porta, lastimo meu ato impensado: não deveria ter deixado que o levassem. Nunca me ficou claro se não queriam que eu o mantivesse, talvez por ser perigoso. Seria justamente por causa do Apêndice? Provavelmente sim. Mas ele se foi, e, neste momento de reconsiderações, eu gostaria de tê-lo novamente. Sobra-me agora uma dúvida que me persegue: ele continuará existindo ou viverá no mundo d'além Porta? Essa dúvida o Apêndice nunca me esclareceu.

Tentei, nos últimos tempos, recompor minhas memórias e creio ter esboçado minha própria explicação para esse dilema cognitivo. De tal forma me empenhei, que acredito ter chegado a uma visão tão satisfatória que até mesmo o autor do livro ficaria satisfeito. De fato é tudo muito simples. O mundo

Clique aqui para continuar